U0003092

百瀨，看我一眼。

中田永一

鍾雨璇—譯

百瀬、こっちを向いて。

目錄

百瀨，看我一眼

1

即將大學畢業時，我決定暫時回故鄉一趟。我踏出新幹線，站在博多車站的月台上，身體因寒冷而一陣顫抖。在回老家前，我和朋友約好在西鐵的久留米車站碰面。距離約好的時間還有三小時，我便在天神街區閒晃，結果遇上神林學姐。

「我聽說嘍，據說你今年終於能成功畢業了？」

她挺著隆起的肚子。我們就站在吐著白霧的熙攘行人之間，一起為重逢感到喜悅。

我進高中後沒多久就認識神林學姐，那是八年前的五月底。

❀

「就是那個人哦，她就是大家都在談論的三年級學姐。」

我和友人田邊趁午休時間到福利社買麵包，準備返回教室時，他突然出聲道。

圍成一群的女生們走過，其中一位身材較高䠷的女生顯得特別突出。

神林徹子，同班男生的話題總繞著她打轉。她有名到連我們一年級都在談論她，讓我有點在意她究竟長什麼樣。她有一頭及腰長髮，經過窗邊時，陽光映上她的頭髮，閃耀著光澤。

「回教室吧。」

田邊用手肘碰碰我。她是我們一輩子都無緣接觸的人種，像我和田邊這樣平凡的人類，和高中最漂亮的美女根本不可能有任何交集。

我們回到教室吃完麵包後，田邊就拿出口袋書開始讀，我則趴在桌上打算小睡一下。我一閉上眼睛，就覺得頭被什麼砸一下。一團揉成球狀的講義落在地上。

「別在那邊睡覺，很礙事吔。」

男生們其中一人說。他們似乎將揉成紙團的講義當球，玩起棒球。

我和田邊在教室中形同路障。活潑的學生盤據著班級的中心，我和田邊這種宛如微弱燈泡般消極的人類，就只能躲在不會礙事的地方安靜度日。我們不論學習能力或運動能力都在平均值以下，社交能力也比五歲小孩差，而且頭髮蓬亂、衣服鬆垮，注定成爲班級的最底層。

「眞不敢相信學姐竟然要當媽媽了。」

神林學姐和我進咖啡店後脫下外套。窗外看得到垂掛著年末特賣布條的天神百貨。

「是嗎？爲什麼？」

神林學姐點了咖啡。

「不管是誰都難以置信。」

神林學姐有交往對象的消息傳出來時，不知讓學校多少男學生悲嘆萬分。

❀

「雖然只是傳聞啦，不過據說她有交往對象了。」

我和田邊在課間的休息時間閒聊時，教室中心一帶傳來男生的聲音。騙人，眞的嗎？

不知道是誰這麼說。我和田邊對看一眼，豎起耳朵。

「學姐的男朋友是誰啊？」

「呃……」

那名男生被他的朋友包圍，他過好一會才像想起來似地開口。

「啊，對，是個叫宮崎的傢伙。就是三年級籃球社的那個人啊，你們聽過吧？」

❀

神林學姐拿起送來的咖啡啜了一口。

「預產期大約什麼時候呢？」

我看著她隆起的腹部詢問。

「四月，是櫻花的時節。好開心，因為我喜歡櫻花。」

神林學姐的手放在腹部上。

「櫻花花語是高尚、純潔、美麗的心靈，還有其他各種意義。」

「學姐那天也提到花語吧？我們四人一起玩的那次。」

我想起那天的事情，心中湧起一陣懷念。那天神林學姐和宮崎學長一起下公車回家，他們那時正在交往。學長的名字是宮崎瞬，我得知神林學姐和他交往時吃一驚，但立刻感到信服：原來如此，是宮崎瞬啊。

❀

「昇，好久不見。」

回家途中，我下了電車走出剪票口時，一個聲音叫住我。我轉頭一看，和我穿著相同制服的男生步出剪票口。

「宮崎學長。」

「和以前一樣叫我瞬哥就行了。」

我和他並肩走向車站的停車場。但因爲腳的長度不同，即使邁開的步伐數一樣，他還是走在前面。我從停車場牽出腳踏車，他則牽出機車。

「阿姨最近還好嗎？」

「她最近精神不錯。」

「沒打算再婚？」

「還是老樣子。」

宮崎瞬對我來說就像是哥哥。我們住得近，彼此母親的感情又好。每當母親有事無法回家時，就會把我託給宮崎家，讓我在宮崎學長的房間打地鋪過夜。

「難得你跟我進了同一所高中，結果我們一起在學校的時間卻只有一年啊。」

宮崎學長說著地戴上安全帽。他明年就畢業讀大學。學長的機車屬於老舊車款，上面還有不少擦痕和凹陷，可是只要他一騎上，機車看起來就像復古款的時髦車型。接著，學長發動了引擎。

「我和學長的交往對象在走廊上擦肩而過呢，你要小心鞋子被人藏起來，我們班上可有不少神林學姐的愛慕者。」

宮崎學長苦笑著點點頭。他握緊摩托車的把手，準備催油門。此時停車場附近的平交道欄杆緩緩放下，警示音也隨之響起。噹、噹、噹的高亢聲在四周迴盪。

「啊，這麼一說……」

我想起直到剛才還忘得一乾二淨的事。

宮崎學長準備催油門的手停了下來。

「學長一個月前，好像也和一個女生一起走過這條路……」

噹、噹、噹，那是我從影片出租店回家的路上所發生的插曲。我騎腳踏車回家，在平交道路口被降下的欄杆擋住。噹、噹、噹，我聽著警示音等待電車通過，一時瞥見一道像宮崎學長的身影從欄杆對面走過。我原本要出聲招呼，但又打消主意，因爲學長身邊有一位女生與他並肩。我原本以爲對方是宮崎學長的女朋友，但當時的人似乎不是神林學姐。

「……我記得那個人的頭髮長度好像只到肩膀。」

頭髮只花一個月，就能長到及腰嗎？

電車伴隨著嘈雜聲響通過，警示音和閃爍的紅燈也隨之消失，只留下機車的引擎聲在停車場中作響。周圍不知不覺已逐漸昏暗。

「你現在有女朋友嗎？」學長開口。

「我有女朋友？怎麼可能！」

「這樣啊，那樣剛好。」

剛好是指什麼事？我還來不及反問，宮崎學長就騎著機車離去了。

三天後的午休，宮崎學長突然來到我的教室。女生們停止聊天，回頭看向站在教室門口的高眺學長。他是籃球社的王牌，擁有吸引眾人目光的外表。和男生們對神林學姐癡迷的情況一樣，宮崎學長從開學後就在女生之間成爲話題。

「昇，我有事找你。」

宮崎學長這麼說，向教室角落的我招招手。班上同學一起轉過頭，和我聊書的田邊望著學長，露出一副「咦，叫誰？」的反應。我向田邊說聲「我去一趟」就從位子上起身。

宮崎學長領著我來到圖書室。我們穿過一排排書櫃往深處走去，一名女生正在盡頭等待我們的到來，她並非神林學姐。

❀

「相原同學為什麼會考那所高中？」

神林學姐望著窗外問我。天神街道的上空一片陰霾，感覺隨時都會飄起雪花。

「沒什麼特別理由。」

「不是因為瞬讀那所高中？」

「可能吧。」

「你很崇拜他呢。」

她露出微笑看我，接下來我們圍繞著關於宮崎學長的話題熱烈地談論起來。我十分好奇宮崎學長在學姐眼中到底是什麼樣子。照她的說法是沒人像他那麼怪。說起來也沒錯，還只是高中生就在研讀公司經營策略和市場行銷的人，毫無疑問在某種程度上是個怪人。

「瞬從那時就為他父親的公司做打算了哦。」

✿

「相原同學，有空嗎？」

我被宮崎學長叫去圖書室的隔天，一進教室就被幾個女生叫住。

「聽說你和宮崎學長住得很近，真的嗎？」

「嗯，是沒錯……」

我被女生們包圍，在她們的要求下說明了我和宮崎學長的關係。她們熱切地追問任何關於宮崎學長的情報：生日、鞋子尺碼、小時候的髮型，直到早晨的班級活動開始，我才得到解脫。第一堂課開始時，我想起被遺忘的待辦事項。

「怎麼了？總覺得你有點心神不寧。」

中午午休時，前往福利社買午餐的路上，友人田邊擔心地詢問。他的個性溫厚，說話方式也十分悠緩，時間彷彿在他體內流動得特別緩慢，聽他說話就像聽大象或鯨魚說話。他還擁有和大象或鯨魚相仿的龐大身形，總縮著身體走路。

「你下課時也怪怪的，發生了什麼嗎？」

田邊一邊走一邊慢吞吞地詢問。福利社在學校一樓角落，平時安靜的走廊只有在這個時候才充滿喧鬧嘈雜的聲音。

「其實我有件事瞞著你……」

他是我進高中後唯一交到的朋友，而我為什麼至今仍只有他一個朋友，原因非常簡單：因為我的人類等級低到令人髮指。

人類等級是綜合人的外表和精神優劣後的評比。如果宮崎學長和神林學姐的等級在九十級前後，那我大概是二級，不但外表平庸，個性也十分灰暗，甚至灰暗到會在腦中建築起人類等級這種價值觀。之所以是等級二，而不是等級一，是因為我起碼還有自己位於群體最底層的自覺。

國中時期的三年，我一直待在班級的底層，和跟我一樣身處底層、等級在五以下的朋友們整天聊著漫畫及電玩的話題。人類等級高的人對待我們這種人類，就像是對待障礙物一樣。

我進高中後第三天，就在教室中發現了散發著宛如微弱燈泡氛圍的田邊，那時我馬上心領神會：這個人屬於人類等級二，是和我同類的傢伙。我鼓起勇氣搭話，結果一談如故。無法融入群體的不只有自己，不受女孩子歡迎的也不只有自己，多虧田邊，我才能抱著這樣的想法。

「田邊，我瞞著你的事情是……」

我接著說下去時，一道聲音從身後叫住我。

「相原？」

我回頭一看，背後是一位像野貓般，擁有挑釁眼神的少女。

「百瀨！」

我低喊出聲。百瀨陽，這是她的名字。她挑釁般的眼神讓人覺得一對上她的視線，就可能被抓傷。她玩弄著長度只到肩膀的頭髮，開口說道。

「剛剛好，我們一起吃午餐吧。」

她抓住我的制服下襬一拉，我則因百瀨的出現而慌亂不已。田邊看著我，臉上露出尋求說明的神情。

「其實……」

我從未想過在我的人生之中，有機會說出這種台詞。

「雖然我之前沒提過，其實我現在和她交往……」

趕在田邊反問前，我先轉向百瀨。

「不好意思，不過我想和朋友吃午餐。」

「這樣啊，那算了。你今天的課什麼時候結束？」

「四點左右。」

「我那時會在頂樓，到時來叫我，我們一起走。」

百瀨揮揮手，用輕盈得彷彿毫無重量的腳步登上階梯。我和田邊呆站在走廊上，目送她離開。等到百瀨的身影消失在視線範圍中，我向田邊低下頭。

「雖然有些突兀，但我很抱歉。」

「……很可愛的女朋友呢。」

抱歉啊，我在心中向田邊道歉。我想像得出田邊的想法：假如我站在田邊的立場，一定會感到獨自一人被拋下的恐懼。在這世界上，存在著一輩子都和女生無緣，甚至連女生的手都牽不到的人類。田邊和我都有自覺，知道自己是女生無緣者的其中一員。人類等級二就是背負著如此命運的可悲存在。就像被雌螳螂吃掉的雄螳螂，可悲到無以復加。

❀

「我差不多該走了，這頓就我請客吧。」

神林學姐拿起咖啡店的帳單起身。眞令人感激不盡，不愧是資產家的女兒，但我攔下學姐。

「我們能再多聊一會嗎？」

❀

那天的課都結束後，我前往頂樓。百瀨躺在頂樓晒得到陽光之處，用隨身聽聽音樂。校規限制學生將這類東西帶到學校，不過她這個人似乎毫不在意。

「太慢了！」

她一注意到我，馬上取下耳機起身，撢了撢制服上的灰塵。

我們並肩走下樓，漫步在走廊上。我的右手手指被什麼涼涼的東西碰了一下，原來是百瀨纖細的手指交纏上我的手指。我對女生毫無免疫力，手指接觸這類行爲對我而言致死率極高。我試著分開手指，卻遭到百瀨的抵抗。就在我們你來我往地展開攻防之際，見過面的男生和我們擦肩而過。我轉頭想確認，發現對方也望著這邊。

「剛才那是誰？」

百瀨出聲問。

「……我班上同學，雖然沒跟他說過話。」

「爲什麼明明是班上同學，你卻沒跟他說過話？」

「就算在同一個班上，也不代表就要跟每個人都說過話吧？」

其實我和班上大部分人都沒說過話。

「你還眞是個怪人吔。」

百瀨一臉佩服地盯著我，這什麼反應啊？

我們換下室內鞋，走出學校後仍舊十指交纏。我努力說服自己：我們是情侶，在大庭廣眾像這樣肢體接觸，也不會被逮捕。儘管如此，身旁有個女生和自己踏著相同步伐，仍然是一件奇妙的事。天空非常晴朗，遠處傳來棒球社的人用金屬球棒擊球的清亮聲響，心情變得十分舒暢。

我們走出校門，又往車站走一會。

「到這邊就夠了。」

百瀨突然放開我的手指，背對我迅速拉開幾步距離。

「啊——感覺好噁。」

「把人說得像細菌一樣……」

「你知道你手汗很嚴重嗎？光手指碰在一起就感覺得到一股濕氣哦？」

她拿出手帕，用力擦拭自己的手。

「什麼啊！明明是妳自己主動牽我的手！」

「到學校外面之後，能請你不要找我講話嗎？」

百瀨用一臉看著髒東西似的表情瞪著我。

「那遇到神林學姐要怎麼辦？」

「我和人見面要遲到了，我先走了。」

她丟下這句話就跑了。

她待會要和那個人見面吧？百瀨偷偷和某人交往這件事，只有我一個人知道。學校所有人，就連神林學姐也對那兩人的事情毫不知情。

「這件事情是我們之間的祕密。」

我午休時間被叫出來，宮崎學長在圖書室對我這麼說。他的身旁站著一位頭髮長度及肩的少女，銳利眼神讓人想起路邊的野貓。我馬上想起她就是一個月前在平交道對面，和宮崎學長並肩走在一起的女生。

「我和她在車站月台交談的樣子，似乎被誰看到了。」

那似乎是某個天氣晴朗的星期天，發生在離我和宮崎學長家最近的車站。

「然後謠言就四處流傳，現在我們兩個被懷疑了。」

若以高中爲中心，少女的家剛好位於反方向的地區。她星期天爲何現身在那個車站？答案當然是見宮崎學長。這是否意味著，宮崎瞬這名男性在與神林徹子交往的同時，還有其他女朋友？

世間流傳的猜測完全屬實。

「所以我想拜託你一件事。」

畢竟我們從小就認識，就當作你和她交往。這樣她在那個車站也不奇怪，因爲她是來見你的。如果是從小就認識的朋友所交的女朋友，那彼此認識也不奇怪。我們只是剛好在車站月台遇到，一起等電車，這有什麼好指指點點？不過當然是以你和她交往爲前提啦。

我一時無法理解宮崎學長的話，結果學長身旁的女生開口了。

「簡單說，就是我和你要裝成一對情侶，好打消神林學姐的疑慮。非常簡單明瞭吧？我的名字是百瀨，百瀨陽，多多指教了。」

對從未和女生有過任何親密接觸的我來說，這是一項過於嚴苛的作戰計畫。

2

我和百瀨的性格在各種層面都完全相反。比方說走在學校走廊，她會揮動雙手大步走在走廊中央，我則彎腰駝背地縮在一旁前進。

「你不是要到圖書室嗎？這條路比較近吧？」

百瀨指著連接兩棟校舍的走廊。

「妳視力有問題嗎？」

「我兩眼都是二點〇。」

「妳難道沒見到堵在那邊的人嗎？」

一群染髮的不良學生堵在走廊，要通過就一定得撥開那些穿著修改過制服的傢伙，接著從中穿過他們。

「你別說笑了！」

百瀨傻眼地抓住我的手往連接走廊走。我試圖摳住牆壁上的突起抵抗，但完全沒用。

「那邊的麻煩讓一下！」

百瀨向不良學生喊話。我後悔著自己應該把錢包留在教室。然而，他們並未索取過路費，反而爲百瀨和我讓路。

「謝謝。」

百瀨一臉稀鬆平常地道謝，從不良學生之間走過。

「喂，百瀨，那傢伙是誰啊？」

嚼著口香糖的不良學生指著我。

「看就知道了吧？」

百瀨扠著腰，對不良學生挺胸回答。

「不，看了也不知道。」

不良學生搖搖頭。不知道不知道，其他人也做出同樣動作。

「啊，我知道了，你是抓到色狼，要把這傢伙送去教師辦公室吧？」

其中一個學生露出靈機一動想到答案的神色回答。

「算了，相原，我們走吧。」

百瀨再次抓起我的手往前走。離開連接走廊後我終於能夠發出聲音。

「妳和那些人認識？」

「他們曾經在頂樓問我要不要來支菸。」

這對國中三年來一直安分守己，不曾違反學生手冊規範的我而言，簡直像另一個世界的事情。

「別誤會了，我翹課歸翹課，但還是好好拒絕了香菸。我跟他們那些不良學生可不是一掛的。」

仔細一看，百瀨的服裝並未違反校規。說起來，她身上也沒有女高中生常見的飾品。頭髮也是一頭黑髮，特別引人注目的就只有她閃閃發亮的眼睛。她擁有野生動物般簡單明快的帥氣。

最初的一週特別辛苦。就算在學校努力表現出交往的樣子，但因爲我對女生毫無免疫力，只要百瀨坐在對面或走在身旁，我就會滿臉通紅。若因爲太過難爲情而拉開距離，我就會被百瀨拉到無人的場所痛罵一番：「這看起來一點也不像交往嘛！你到底有沒有幹勁啊？」

我們也曾在學生餐廳，吸著烏龍麵地談論音樂、電影或書籍，可是話題總是難以持續。我的興趣是漫畫，她的興趣則是運動比賽。我連電視上轉播的棒球比賽都不曾看過，根本不知道該和她談什麼。但要在彼此同學眼中像對情侶，我們必須裝出開心聊天的模樣。

「你到底巴望我跟你聊什麼？」

「我才想問這個問題呢。」

「你偶爾也想點有趣的話題嘛！」

「百瀨老是發脾氣，我才想不出來。」

「你說誰發脾氣？」

我們在學生餐廳相對而坐或在走廊並肩而走時，談話內容都像這樣。唯有臉部肌肉一定努力以笑容示人，感情融洽。

「累死我了……」

百瀨掛在頂樓防止有人摔落的欄杆上，頹然垂下頭。頂樓揚起一陣風，頭髮隨之搖動。那是六月初的放學時間，我們扮演情侶已近兩週。

「妳和宮崎學長平常都在哪裡聊天？」

我出聲問。我和百瀨之間只有一個共通話題，就是關於學長的事情。

「電話。」

「只有電話？」

「大約每兩個星期，我們會碰面說說話。」

我想像著兩人的關係。避人耳目偷偷交往很麻煩，眞虧他們做得到。我們一點一滴地交換起學長的情報。他不論打棒球還踢足球，都常是球場上的英雄，更是附近小孩的憧憬對象。當我聊起這類事，百瀨就一臉高興。「這是宮崎學長買給我的哦。」百瀨從丟在一旁的書包中取出森鷗外的《舞姬》。我指著掛在書包上的鑰匙圈，說明：「這是小學時宮崎學長給我的。」結果她搶過我的書包，將鑰匙圈解下來，發出「這個我就收下了」的聲明。

「差不多該回家了。」

百瀨開心地望著鑰匙圈，轉身走向樓梯。我哀聲嘆氣地跟在她身後。

當我們走在一樓走廊時，百瀨握緊我的右手，用下巴不著痕跡地示意前方。前方是宮崎學長走近的身影，他身旁跟著見過一次就無法忘記的那人。

我重新審視神林徹子學姐，她和百瀨就像對照組，就連走路方式都完全不一樣。百瀨充滿躍動感，神林學姐則姿態沉靜，令人聯想起擅長茶道或花道的人物。如果將我的人生畫成一本漫畫，百瀨登場的背景一定有隻野貓發出威嚇敵人的叫聲，神林學姐登場的畫面背景盛開著美麗的插花。

「嗨，最近過得如何？」

宮崎學長停下腳步打招呼，神林學姐也在他身側停下。容貌出眾的兩人站在面前，實在氣勢驚人。人類等級九十級以上，外表條件完全具備能夠演電視劇的攻擊力。就連經過走廊的學生們都帶著稱奇的神情回頭，彷彿在說這到底是什麼奇蹟般的情侶組合。

「呃，勉強還活著。」

我緊張地回答宮崎學長，根本無法望向神林學姐的臉。我和百瀨的演技都是要撇清她的疑慮，所以絕對不能露出馬腳。但我的舌頭僵硬不已，簡直快抽筋。

「相原同學？」

我被神林學姐叫到，全身一顫。

「我從瞬那邊聽過你。」

她露出微笑。我的肩膀幾乎要發抖，我對她的視線心生畏怯。就在我全身僵硬又無法回覆時，百瀨用力地打了我的背。

「口水都快流出來了！」

「抱歉。」

「這個白癡一看到漂亮的人就老是這樣子。」

百瀨用書包邊角用力輾壓我的側腹。

「好痛，住手啦。」

「閉嘴，去死吧。」

神林學姐覺得好玩似地瞇起眼睛微笑，那副表情就像孩童的笑容，擁有淨化一切的力量。她重新轉向百瀨道。

「妳就是百瀨同學嗎？」

「爲什麼學姐知道我的名字？」

「那是因爲……」

神林學姐和宮崎學長交換了眼神。

「因爲我的一點小事啦。」

宮崎學長一臉尷尬，而神林學姐露出難爲情的樣子，如今似乎沒有對百瀨及宮崎學長懷有疑心。根據她的態度，恐怕到先前都對宮崎學長和百瀨的關係存疑，而現在這份懷疑已經被洗清了。我和百瀨交往，只要這項被捏造出來的事實在她面前屹立不搖，在她心中，宮崎學長的話就是眞相。

「那先掰啦。」

宮崎學長邁開步伐，神林學姐簡單致意後追了上去。

「感覺是個很溫柔的人。」

目送兩人背影消失在走廊轉角，百瀨低語後再次踏出腳步。我們到校門的一路上都保持沉默，大概因爲我們腦中都抱著對神林學姐的罪惡感。

當晚，家裡接到宮崎學長打來的電話。

「你還留著那個鑰匙圈啊？」

鑰匙圈？

「你今天被百瀨拿走的那個啊，就是我小時候給你的鑰匙圈。那種東西早就該丟了，教人很難爲情。」

你聽百瀨說啦？

「我和她通了電話……今天眞是多謝。」

如果不是百瀨，我今天就搞砸了。

「神林的誤會總算是解開了，不過你們能再假裝一會嗎？」

畢竟我和百瀨突然分手很不自然嘛……

「抱歉，拜託你這種事情。」

神林學姐感覺是個好人。

「因爲她就像小孩子，不知道懷疑別人……」

我和百瀨虛假的戀愛關係成立後已經過了一個月，在這段期間，日本度過梅雨季。梅雨季一結束，天氣就突然炎熱起來。進入七月後，我和神林學姐在走廊上相遇時會互相點頭致意。照字典上面查到的知識，我們應該算是所謂的點頭之交。班上男生們似乎很羨慕我。以前我應該會因爲這種禁忌關係而激動不已，說不定還會咧嘴微笑，將我和神林學姐交談的一字一句都寫在日記本上。不過我和學姐談話時並未感受到喜悅，胃部反而隱隱作痛，意識到演戲帶來的沉重壓力。

另一方面，百瀨也和神林學姐成爲互打招呼的關係，只是和我不同，百瀨腦袋動得更快，也比我更有膽量，她現在已經能圓滑地向學姐打招呼。我看過她和神林學姐站在一起，百瀨自然地和學姐交談，而神林學姐完全被百瀨的假象欺騙，專注於兩人的談話。兩人看起來就像老朋友一樣融洽。

「你覺得四人約會如何？」

課堂間的下課時間，百瀨在樓頂拋出這句話，及肩的頭髮和裙襬隨風飄動。所謂的約會，指的是男女約定日期相會；四人約會指的一定是兩組男女一起出外閒晃的行爲。

「哦，那個啊，就是在漫畫或連續劇之類的虛構世界中描述的東西嘛。」

「已經定在這個星期天了，宮崎學長昨天告訴我的，他說神林學姐很想要四個人一起出門。」

「一整天都四個人？」

對於膽小如鼠的我來說，根本是嚴苛的挑戰。

「如果不想要，一開始就不要答應這種事情。」

百瀨用看蚯蚓般的眼神瞪著我。

「我當然會做啊，這不理所當然嘛。」

雖然完全提不起興致，但答案只有一個。

「哦，我對你刮目相看了。」

百瀨難得地對我露出笑容。形狀姣好的眼睛瞇起，唇間看得見白皙的牙齒。

我根本不可能回絕，畢竟這是爲了宮崎學長。

離星期天還有三天，我和百瀨在這段期間進行事先準備。

「妳在車站撿到我的學生證，然後把學生證還給我。這個說法如何？」

「咦，我才不會送去呢。我應該只會擱在哪邊椅子上。」

百瀨坐在我旁邊，肩膀隨著電車的晃動抵上我的肩頭。窗外一片橫向飛逝的田園風景。平常我和百瀨一出學校就各自分開，不過這天為了約會的準備工作，百瀨決定到我家，因爲她無論如何都想確認我的便服打扮。

電車速度逐漸慢下，停在車站月台。下一站就要下車。

「你太拘泥於撿到學生證這個想法了。」

百瀨嘆口氣。

「不然妳說，還有什麼和女生相遇的方法？」

相原登和百瀨陽如何相遇，又是如何開始交往，我們正爲了思考設定而絞盡腦汁。假使神林學姐問起，而我們的說法又有所出入，那事情就完了。所以必須事先套好說詞，但是二級的我想到的，就只有像是從某處手冊抄來的設定而已。

「那這個說法怎麼樣？」

電車安靜地開動。百瀨望著對面窗外的景色。

「某個星期天，國中三年級的我帶著表妹去超市。」

「表妹？」

「她是個僅僅三歲左右的小女孩，她在超市走失了，我找遍超市，直到傍晚都找不到人。我告訴店員她一定出了超市，並請店員幫忙打電話報警。我自己也坐立難安，於是尋找起超市周圍……」

電車速度愈來愈快，電車喀搭喀搭的聲響逐漸加快。

「我走累了，又擔心小彩，腦子一片混亂。我毫不在意路人的眼光，一路大聲喊著她的名字，結果一個男生靠過來，問我發生了什麼事。那個男生一手捧著《經營戰略的基本》，邊走邊讀，是個奇怪的傢伙。我告訴他事情經過，結果他也加入了搜尋。接下來兩個小時，我們找遍各個地方，天色也完全暗下來。我開始胡思亂想，想著小彩可能被人誘拐了，或者遇到意外也說不定。那個人就讓我坐著鞦韆，自己繼續找人。他把手上的書擱在我旁邊，我試著拿起來讀，結果每一頁都劃著紅線……」

沈默片刻，我們之間只有電車喀搭喀搭的聲響。

「然後呢？」

「我覺得這個人總有一天一定會成就大事。」

「嗯，宮崎學長從以前就很會找人。比起那個，《經營戰略的基本》是什麼？」

「我也不清楚，只知道書中大力主張現階段因爲日幣貶值，想讓產品在海外製造生產還很困難。」

百瀨的臉上露出我從未見過的溫柔神情，我從百瀨的側臉移開視線。電車停下，我們走到車站月台。

我從停車場牽出腳踏車，沿著回家道路邁開步伐。四周一片田野風景，道路兩旁除了田地以外什麼都沒有。

「妳來過這一帶嗎？」

她的臉轉向宮崎學長家的方向。

「來過幾次。」

我們終於來到家門前，我讓百瀨在門口等。正打算踏進玄關時，卻被她出聲叫住。

「我不能進去嗎？」

她的問題完全超出我的想像。

「我媽今天休假在家。」

「沒關係啦。」

她不顧我的阻止，逕自進屋道聲「打擾了」。媽媽雖然在家，不過似乎在看電視。她聽到聲音後，馬上從客廳飛奔而出。「我是昇的朋友。」百瀨擅自自我介紹。媽媽心花怒放，畢竟這是我第一次帶女生到家裡。我媽也知道我只有迷你燈泡等級的微弱光芒，所以早已放棄兒子的幸福。因此她看到百瀨時，甚至說要訂外送壽司。

「我很快就回去，請不用費心招待。我今天只是來挑昇約會的衣服。」

百瀨這番話雖然是眞的，卻讓不知箇中詳情的我媽樂昏了頭。媽媽領著百瀨到我房間，我的抵抗只是徒勞的掙扎。

「你房間比我整齊上一百萬倍……」

百瀨環視我的房間後，似乎很意外地喃喃自語。我試著想像她的房間，不過因爲一百萬倍這個數字太過龐大，我根本無從想像。媽媽和百瀨打開我房間的衣櫃，開始挑選起適合約會的服裝。不是這件，也不是那件，她們一邊在我身上比對著衣服，一邊交換意見。媽媽以外的人正在自己的房間打開衣櫃，眼前的現實太過缺乏眞實感，以致我感到一陣暈眩。我懂事以來，家中一直只有我和媽媽兩人。現在家中卻有和我差不多年紀的女生，還在和媽媽交談，對我而言實在是一副奇妙的光景。

百瀨和媽媽一起準備了晚餐。儘管百瀨說很快就會回家，但是挑選衣服的大業遇上瓶頸，於是演變成在我家吃晚餐的局面。媽媽訂了外送壽司。她似乎和百瀨的波長很合，兩人聊得熱火朝天，不曾一刻間斷。

「沒想到這孩子竟然帶女孩子回家。」

老實說，這句話我已經聽到膩了，但久違地看到媽媽打從心底高興的表情，心中又湧起一種什麼都無所謂的感覺。

飯後，我一路送百瀨到車站。四周的田野早已沉入黑暗，兩旁零星的路燈指引了道路的存在。

「你還記得爸爸的長相嗎？」

「一點也不記得。」

「你媽媽眞是個好人。」

「謝謝。」

「她好像眞的對我感到很開心……」

雖然是騙人的——我們兩人一起吞下這句話。

我們邊聊邊到車站。在剪票口分別時，百瀨猶豫一會，然後向我揮揮手。我也有點害羞地回以同樣動作。我一直站在剪票口前，直到她的背影消失在視線之外。

隔天早上，一年二班的男生跑到我們班的教室來。他的模樣帥氣，就像參加運動社團的人。「喂，你和百瀨交往嗎？」他這麼問我。我點點頭後，他就用無禮的眼神來回打量我全身上下。這種貨色竟然和百瀨交往……他的視線無言地陳述著這個念頭。

「我那邊也發生類似的事情，不過來問的是女子三人組。」

百瀨說，同時用手上的剪刀修剪我的頭髮。吹拂樓頂的風帶走了剪下的髮絲。

「我被她們一臉認眞逼問：相原同學哪裡好？我根本不知道該怎麼回答。我才希望誰告訴我答案呢！」

喀擦，清脆俐落聲響起，一撮頭髮又落了地。「我看不慣你的髮型，讓我料理你的頭髮。」百瀨中午在學生餐廳吃咖哩飯時，突然提出這項要求，於是我們就移動到樓頂，由百瀨幫我剪頭髮。我的脖子圍上不知道從哪裡拿來的圍裙，在她的要求中坐在圍欄旁邊。我一開始有點擔心，不過百瀨用剪刀的技巧還不賴。

「我實在沒辦法，只好回答，我就是喜歡你像蛞蝓的地方。」

「是哦，妳講得蠻狠的。」

「這還是誇獎。」

「哪門子的誇獎啊，讓人想死的心都有了。」

頭頂上的七月天空高遠遼闊，樓頂就只有我和百瀨，就連操場上傳來的聲音也像是遙遠世界的回聲。不知道是不是對剪頭髮樂在其中，百瀨吹起口哨。我默不作聲，望著天空浮雲。蓬亂的頭髮一點一點地被剪掉，腦袋好像變輕了。一陣睡意襲來，我打了個呵欠。一閉上眼睛，身體彷彿就要飄上天空。擁有戀人的心情是不是就像這樣？

「哎，眞的是讓人想死的心都有了。」

我努力抑制著飄上天空的心情。

「蛞蝓那段騙你的啦，我可是好好誇獎你一番。我告訴她們相原同學雖然是那副模樣，不過挺有膽量的。」

「我更想死了。」

「爲什麼，簡直莫名其妙。好啦，剪好了，雖然離英俊瀟灑還差一大截。」

百瀨這麼說，一邊把小鏡子遞給我。

午休結束，我回教室上下午的課。我坐進座位，聆聽老師講課，但沒多久就感到一陣呼吸困難。我把身子往前傾，努力抵抗身體湧起的不適。你感受到的是錯覺，我這麼告訴自己，你只是太過入戲了。別再在乎那些情緒了，你要阻擋那些與她同在時很快樂、很開心的心情，畢竟等到這場騷動結束，你又是孤身一人。

3

宮崎瞬。

我清楚記得他父親經營的西裝店。小學低年級時，宮崎學長曾經帶著我到那裡玩。那是一間開在郊區，佔地廣大的店面，打過蠟的地板陳列著銀色展示櫃和衣架。我還曾和宮崎學長在店後幫忙搬運裝滿衣服的紙箱。

宮崎學長的父親也在店裡，親自與店員一起接待客人。在店裡工作的員工們似乎都很喜歡宮崎學長的父親，簡直就像是被國民們仰慕的國王。宮崎學長和我也都用尊敬的目光望著宮崎學長的父親。西裝店是宮崎學長父親年輕時創立的，代表了宮崎學長父親的人生。

上國中後，宮崎學長進了私立國中。他因為課業與社團活動繁忙，和我一起出去玩的次數減少。不知從何時開始，我們除了路上的偶遇，就不曾再見面。

我在人生中曾經看過一次學長的比賽。那是我剛進高中不久，我偷偷看了擔任籃球社社長的宮崎學長所帶領的比賽。隊員把球傳給學長，配合學長的動作移動。聚集的女生們緊緊盯著學長，生怕錯過任何一瞬。不論是比賽的動向、觀眾們的歡呼、還是震動體育館地板的腳步聲與籃球擊地的聲響，這些統統都以宮崎學長為中心構築而成。比賽結束，宮崎學長的隊伍獲勝時，學長和隊友互相慶賀。他深受大家信賴的模樣，在我眼裡和學長父親身影重疊在一起。

觀戰的當天晚上，我在浴室裡久違地看著自己腳上的傷痕，傷痕從左腳腳踝一路延伸到膝蓋。我在蒸騰的霧氣裡，回想起古老的記憶。

記憶裡有腳上的痛楚和徹骨的寒意。我小學二年級時，曾經在鬼門關前走了一趟。那天我騎著腳踏車，準備踏上大冒險的旅途。問題出在我摔車的地點太過糟糕：我在遠離住宅且人煙稀少的筑後川河畔道路上出事。由於那條路在坡度陡峭的堤防邊，我和落鍊的腳踏車一起從堤防上滾下。堤防下是放眼望去什麼都沒有的荒地，地面鋪滿被河水磨去稜角的灰色石頭，沒半點植物的蹤跡，看起來十分荒涼。我打算爬上堤防，腳上卻竄過一陣劇烈疼痛，讓我動彈不得。

我躺在地面，望著天空逐漸昏暗。當天空開始閃爍點點星光時，腳上的疼痛逐漸麻木，指尖也慢慢失去知覺。隆冬中卻輕裝出門的我感受到性命消逝的危機，於是拉開嗓門大聲呼救，但直到喉嚨沙啞為止，救援的人都不曾出現。最後，我的牙齒打顫，喉嚨也無法發出半點聲音。

我後來聽媽媽說，當時媽媽因為我遲遲未歸，擔心地跑去派出所求救。附近的大人們也全部出動，到處尋找我的下落。不過他們搜尋區域似乎都在比我所在的位置還要遙遠的地方。

我在醫院病床醒來，腳上打著厚重的石膏。我試著移動身體，卻覺得一陣疼痛。在我隔壁的病床上，躺著的宮崎學長正在沉睡，床下丟著他滿是泥巴的鞋子。根據媽媽的說法，深夜零時，學長揹著我按響家中門鈴。一路揹著我的學長當場因為筋疲力竭而倒地。

西鐵久留米車站有非常大型的巴士轉運站，一天之中會有幾百台西鐵巴士在此穿梭停留。那一天，宮崎學長和神林學姐，以及百瀨和我在約好的車站碰頭。穿著便服的神林學姐和百瀨讓我感到很新鮮。一邊是和圖書館十分般配的穿著，一邊是適合體育館的打扮。不過說起來，在我經驗中會在假日聚會、感情融洽的男女團體，都是那些在暴力電影中扮演犧牲者而登場的角色而已。得注意有無殺人魔出沒，我想著。

擦肩而過的女生轉頭看向宮崎學長。他十分具吸引力，並肩走在一起的時候，路人的視線都會穿過我看向他，讓我有一種變成透明人的錯覺。

「你的髮型變了。」

宮崎學長說道。

「百瀨幫我剪的。」

我的意識飄向背後。百瀨和神林學姐就在我們背後數步之遙，一邊走一邊閒聊。昨晚我太過緊張，整晚都沒睡好，結果打了好幾個哈欠。

宮崎學長說要看電影，我們之間沒人提出反對。我們進到一座名爲久留米大劇院的電影院，買了《證人（Witness）》（註）的票，在大廳等待入場時互相閒聊。我們的話題從待會要看的電影、喜歡的演員，一路談到印象深刻的台詞。我和神林學姐大多負責聽，宮崎學長和百瀨負責講。宮崎學長喜歡的男演員，百瀨卻說討厭。「看來我們的喜好似乎不對盤。」「好像是。」兩人一臉傷腦筋的對話，讓我和神林學姐在一旁笑出聲。

但我的內心並沒有笑意。這難道不是欺騙神林學姐而說的謊言嗎？既然兩人偷偷交往，那麼彼此之間應該會志趣相投。如此一來，剛才一臉困擾的兩人所說的喜好不對盤云云，難道不是謊言嗎？聊天時，我腦中總在反覆推敲話語背後的眞相，對我的腦部肌肉來說實在是過於激烈的運動。加上睡眠不足的影響，我逐漸湧起不舒服的感覺。

「你怎麼了？臉色有點糟。」

神林學姐出聲問我，如小孩般澄澈的眼睛望著我。

「我昨天睡不太好……」

「要不要在那邊休息一下？」

百瀨一臉擔憂地提議，於是我和百瀨留下宮崎學長和神林學姐兩人，走到大廳角落的長椅。百瀨在我身旁坐下，露出擔心的模樣，就像是我的女朋友。她大概顧慮到遠處兩人的視線。

「你眞是不中用。」

「沒辦法，誰叫我只是區區二級。」

註：《Witness》，一九八五年的懸疑電影，由哈里遜福特等演員主演。

「你在說什麼啦。」

她的手放上我的手臂，手掌熱度順著皮膚滲入體內，讓我因緊張而繃緊的心逐漸紓解。呼吸放慢後，我也覺得好多了。沒想到別人的體溫能讓人這麼安心，所以大家才大力吹噓戀愛的美好嗎？應該是這樣沒錯。就在我胡思亂想之際，已到了電影開場的時間。

西鐵久留米車站二樓有個美食廣場。看完電影後，我們回到車站，在一家叫做「甲子園」的大阪燒餐廳吃午餐。這家店對我和宮崎學長來說充滿回憶，我們小學低年級曾多次瞞著父母搭電車到這家店來。

「這家店我也常來，我和爸媽到站前來的話，午餐一定會來這裡吃。」

四人份大阪燒上桌，這家店採取的作法是讓店員送上已經做好的大阪燒。

「只有我不知道，感覺好像被排擠了。」

神林學姐喃喃低語。

她說的當然是餐廳，並沒有其他意涵。證據就是神林學姐將一口大阪燒送入口中後，一邊說好吃，邊露出燦爛的笑容。我對學姐並無任何類似戀愛的僭越感情，但她的表情和話語讓我忍不住心生親近。她的反應純真率直，我的年紀雖然比她小，心中卻禁不住湧起一種父母望著可愛女兒的感覺。

我想起宮崎學長說神林學姐「就像小孩子一樣，不知道懷疑別人」。眼前專心享用食物的神林學姐的確就像小孩。

「這還是我第一次吃大阪燒。」

吃完大阪燒後，神林學姐發表了讓人吃驚的宣言。

「學姐不曾在祭典路邊攤之類的地方買來吃嗎？」

面對百瀨的問題，神林學姐搖搖頭。

「也沒到餐廳吃過嗎？」

學姐也對我的詢問搖搖頭。

「畢竟妳爸媽帶妳去的都是需要事先預約的餐廳嘛。」

「嗯。」

神林學姐點頭回應宮崎學長。神林學姐其實是地方上有名資產家的女兒，據說家裡有多輛進口車，是難以在現實中遇到的人物。我和百瀨追問學姐的日常生活是什麼感覺。

「這是我小學的事情，有位伯伯偶爾會拿點心來家裡拜訪。我很喜歡那位伯伯拿來的點心，不過完全不知道對方是什麼人，也不知道他和父親有什麼關係。」

因社會課的戶外教學而到縣政府時，還是小學生的神林學姐在走廊上遇到那位伯伯。

「啊，是帶點心的伯伯！」她不假思索地喊出，讓帶隊的老師當場臉色鐵青。原來那位帶點心來的伯伯就是縣長。

午餐後，我們一行人晃到公園。公園中有許多家庭來這裡享天倫之樂，氣氛十分溫馨。宮崎學長找到空著的長椅，一邊談著電影的感想坐下。電影情節雖然單純，但內容很值得探討。我們四人都非常滿意電影，就以電影感想爲主題聊開了。原來如此，之所以決定看電影，就是爲了製造共同的話題啊。我終於理解了宮崎學長的用意。此外，這樣就能在不需交談的情況下度過電影放映期間的兩個小時，在神林學姐面前露餡的可能也就相對變小了。當初提議看電影的宮崎學長，可能早已盤算過這一切。

我尋找廁所而站起身，神林學姐說她也是並跟著起身。我和她邁步尋找廁所的位置，這時必須演戲的緊張感放鬆，我和神林學姐就像眞正的朋友一樣互相交談。

「剛剛看的那部電影，標題還眞奇特。」

神林學姐一邊走一邊說道。

「我還是第一次知道阿米希人這種存在。」

在美國部分地區，存在著因宗教理由而過著隔絕近代文明生活的人們，這些人被稱爲阿米希人（Amish）。他們的村落既沒有電話，也沒有汽車。移動時就靠馬車，衣服也都十分樸素。在《證人》這部電影中，作爲主角的刑警爲了保護偶然目擊殺人事件的阿米希人小孩，而藏身在小孩家中。主角是來自近代文明的異邦人，阿米希人的村落則是前近代社會，兩者的異文化交流看起來相當有趣。

「學姐還記得小孩的母親和主角在傍晚天空下接吻的畫面嗎？」

阿米希人與外來者在宗教上不被允許戀愛，即使知道這一點，小孩的母親仍舊奔向主角。

「學姐覺得那眞的可能發生嗎？」

我詢問她。擁有不同的文化、歷史、宗教觀的兩人，眞的可能張開雙臂緊緊相擁嗎？電影的那一幕深深印在我的眼底。

「在黃昏中相吻不是很美好嗎？神明一定會原諒的。」

神林學姐用輕鬆寫意的口氣回答，表情純眞得宛如天使。佇足在花壇前的時候，望著花朵的神林學姐突然向我解說起花語。在我們之中，她一定比任何人都還要享受這個星期天。我以朋友的身分對她抱有好感，就憑這點，我感到深深的自我厭惡。

我和神林學姐找廁所時，百瀨發現了落在花壇之間的橡皮球並撿起來。橡皮球幾近全新，沒沾上什麼塵土，一定是哪個家庭留下的失物。我們在公園廣場玩起拋接球。宮崎學長和百瀨擁有出色的運動神經，而我和神林學姐欠缺運動能力。就算撇開神林學姐穿著不適合運動的服裝不談，她也絕對不算擅長運動，不過這一點當然不會對她的人類等級造成任何扣分。

悠哉的拋接球非常適合公園氣氛。在拋接球的過程中，還會產生連帶感，讓人覺得心情安適，彷彿我們四人從很久以前就在一起拋接球。後來百瀨拋球時一個用力過猛，宮崎學長沒能接住球，橡皮球滾到馬路上。車子的輪胎輾過橡皮球，發出了噗嘶的消氣聲。

「我原本還想把球帶回家呢……」

百瀨望著壓扁的橡皮球喃喃自語。我們就這樣打道回府，前往巴士站的時候，百瀨愈來愈少開口，也不再興致勃勃地參與談話。

巴士站附近掛著「鬼燈花市」的布條，會場就在一旁的植物園前廣場。距離巴士到站還有二十分鐘，我們就進去閒逛，欣賞鬼燈花的盆栽以打發時間。巴士進站時，天空已經逐漸泛紅。我們一字排開地坐在巴士最後一排。發車後沒過多久，我注意到神林學姐拿著一朵如燈籠般的鬼燈花，她正出神地望著它。

「它落在地上，我就撿起來了，想說把這個送給瞬。來，給你。」

她將鬼燈花遞給隔壁的宮崎學長。順帶一提，含著空氣的紅色鼓起部分其實並不是鬼燈草的果實，而是花萼。神林學姐不知道是不是對植物情有獨鍾，連這種事情都知道。宮崎學長望著鬼燈花一會，接著對我說。

「我要送神林搭車回家，所以會在西鐵下車。」

西鐵久留米車站的巴士轉運站人潮擁擠，宮崎學長和神林學姐下車後消失在人群之中。我和百瀨在兩人離開後，仍舊坐在最後一排。

百瀨移向窗邊，望著窗外林立的大樓。我們彼此都不發一語，兩人之間沉澱著疲憊的空氣。巴士每停靠一站，車上的乘客就逐漸減少。隨著窗外天色變暗，車內的日光燈亮起。

「你覺得我能毫不在意嗎？」

百瀨細聲低語，玻璃窗上映出她的臉。

「那個人到最後一定選擇她。」

她眼裡少去了平時銳利的光芒。我坐在位子上，覺得心臟慢慢冷去。我一直以爲百瀨對這段扭曲的關係切割得很好，她會豁達地想「算了，這也沒辦法。」但實際上，她根本沒辦法這麼思考。

「玩抛接球的時候眞的很開心，如果大家只是單純的朋友就好了。」

我們在JR久留米車站下了車，此時的站前廣場變得一片冷清。百瀨一聲不吭地快步向前，我往前跟上她的腳步。

「你別跟過來行嗎。」

百瀨面朝前方，頭也不回地說。

「但我也要搭電車啊。」

「那你離遠一點啦。」

她走進車站，身影消失在我的視線範圍內。如果在車站月台遇到她，應該會很尷尬，所以我決定在站前廣場消磨時間再進車站。我晃到計程車招呼站附近，逐漸暗去的天空在頭頂上無限延伸。

一些回憶在我的腦中復甦：瀕死時河畔的荒涼風景、凍得發僵時所見的冬日夜空，以及救了我後倒下的宮崎學長於第二天從病床上醒來時的事情。

昇成為大人後，想當怎樣的人？

小學生的宮崎學長問我。

我要繼承父親的店。昇，到時候我可以僱用你來我們店裡工作哦。

人類等級二的我從小就憧憬著宮崎學長，我一直以來都很尊敬他。像他這樣的人，會做出什麼錯事嗎？

一陣衝著我而來的喇叭聲打斷了我的思緒。計程車司機坐在車裡瞪著我，所以我連忙逃到走道角落。往來行人被激烈的喇叭聲吸引，紛紛轉頭看我。我不知道是因為難為情，還是覺得自己太過悲慘，一股想哭的衝動突然湧上心頭。正當我努力克制想哭的心情時，一道聲音叫住我。

「相原同學？」

一個男生注視著佇立不動的我，大概因為第一次看到他穿便服，我一時認不出對方。

他明明是我在高中唯一的朋友，但和百瀨往來後，我和他就逐漸疏遠。站在我面前的人，正是另一個微弱昏暗的電燈泡，也就是我的朋友田邊。

4

我們在車站附近的甜甜圈店相對而坐，我向田邊解釋到目前爲止的事情經過，包括午休時被宮崎學長叫出教室，在圖書室認識了百瀨的事情，以及神林學姐、宮崎學長和百瀨之間的關係，還有我又是怎麼攙和進這一段三角關係。田邊全程安靜聆聽，不曾插嘴。

「對不起，我一直瞞著你這些，其實我根本不可能交到什麼女朋友。」

我們一路走來都站在相近的立場，我們都過著人類等級個位數的人生。我們不僅擁有平凡等級以下的外貌，不論智力或運動能力都差人一等，此外社會適應能力還在五歲孩童之下。我們既不可能被女生喜歡，也不可能被人搭話，大概會在無法和女生交好的狀況裡，就這樣結束一生。我在認識百瀨前抱持著這樣的想法，田邊應該也有同樣的念頭。

「你的髮型和平常不一樣呢，感覺有好好打理過。」

田邊指著我的腦袋。

「前天下午就是這個樣子了。」

「這樣嗎？」

「百瀨幫我剪了頭髮。」

我想起了當時在樓頂的和煦溫度。

「我已經演不下去了。」

「爲什麼？」

「我覺得我沒辦法再表現得像之前那樣。」

「因爲你眞心喜歡上百瀨同學了。」

我努力按捺住想笑的衝動。

「我要是不認識她就好了，如果我們一直都是互不相識的陌生人就好了。」

她的所作所爲實在太過惡劣，看看她對我做了多麼過分的事情：不但牽了我的手、還和我媽聊天，甚至幫我剪頭髮，根本罪孽深重。這些回憶在以後一定會把我推下深淵，對我來說就像劇毒。如果是以前的我，獨自一人根本稀鬆平常，如今我的抵抗力卻變弱了。

如果是和我一樣過著與異性無緣人生的田邊，一定和我有相同想法。我們都必須不抱持任何奢望，度過與自己身分相符的人生。我們應該要小心謹慎，不懷抱憧憬，也毫無喜好，像貝殼一樣安靜生存。我們必須低調過活，避免造成別人的困擾，也要小心是否進入別人視野，以致別人心生嫌惡。我們不能對自己的人生是否充實懷有疑慮，畢竟我們可是人類等級二啊。區區二級卻以爲自己能和一般人一樣，根本痴人說夢。我們就算嘗試也注定下場悽慘。

但田邊搖了搖頭。

「你雖然這麼說，但我不這麼想。因爲這不是很棒的事情嗎？」

他用發楞般的緩慢聲調一字一句地說。

「這是非常寶貴的事情。」

「你是說我經歷的這一切嗎？」

「那值得好好珍惜。」

他的聲音充滿確信。

「怎麼可能，這種體驗絕對是一輩子都不知道比較好。」

不論十年後或二十年後，只要我回想起十五歲時發生的事情，胸口一定會隱隱作痛。本來的話，我明明可以在對這種情感一無所知的情況下度過一生。

「但我很想知道啊。」

田邊這麼回答。

「你所說的那種心情，我從出生到現在一次都不曾體會。也許總有一天我也會罹患困擾你的那種心病，到時也許我就會知道現在的自己多麼無知。但即使那份痛楚會痛到讓我後悔，我還是想要體會這份情感。」

「看看鏡子吧，我們會粉身碎骨。你所說的那個根本就是怪物，就算牠在你的胸口肆意妄爲，你也束手無策，直到你的身體被啃食得七零八落屍骨無存。」

「怪物？我還是第一次聽說，我還想知道牠是在哪個動物園裡呢，畢竟我想親眼見一見牠的模樣。」

我目瞪口呆無話可說，但並不會不愉快。田邊對著低頭不語的我，繼續開口。

「你何不聯絡百瀨同學看看呢？」

我們出了甜甜圈店，走向車站月台。田邊要搭反方向的電車。

「謝謝。」

我向準備步進電車的田邊低頭道謝。如果沒遇到他，我說不定會選擇忘掉百瀨，和宮崎學長與神林學姐保持距離。

「你還有其他必須解決的問題。」

「我知道。」

我點頭堅定自己的決心。我要搭的電車也剛好駛進月台，我向田邊道別。

一回到家，我就用客廳電話打給宮崎學長。

我在路邊停下腳踏車，站上堤防。堤防上看得見倒映在筑後川中的月亮。從堤防到河邊的平地上只有一片石頭，看不見半點植物，但此時眼中的光景，不可思議地並沒有小時候感受到的荒涼氛圍。我把腳踏車留在堤防，滑下斜坡。我當時昏倒在這一帶嗎？我走來走去尋找當時的地點，不過分辨不出。

時針指向深夜零點，約定時間到了。從遠處逐漸傳來機車聲，車頭燈一路從堤防上照過來，然後在腳踏車附近停下。

「還眞是令人懷念，那是幾年前的事？」

宮崎學長從堤防陡峭的斜坡上滑下來地出聲詢問。

「過了八年了。」

宮崎學長走到我旁邊環視四周。從堤防斜坡冒出的蟲鳴在周圍迴響，徹骨寒風也不再吹拂。

「那時我沿著堤防走，結果聽到你的呼吸聲。」

八年前的冬天，大人們在知道我還沒返家後，分頭搜索整座小鎮。宮崎學長也想加入搜救行列，但被以小孩子要乖乖留在家裡的理由擋下。所以他獨自一人在深夜時分，從自己的房間偷溜出來。我現在還能在這裡呼吸，全都託宮崎學長的福，我一直以來都抱著這個想法。

蟲鳴聲停歇下來，四周一片安靜。我們兩人踩著滿地的小石子走向河邊。一靠近河邊，潺潺流水聲就變得更加清晰，一陣河水氣味撲鼻而來。

「忘了那件事吧。」

淡白色的月光映照在宮崎學長的側臉上。

「你是報答我，才接下這個荒唐的任務吧，但你差不多該忘掉那件事了。」

「我現在仍很尊敬宮崎學長。」

「我不是神，你根本不需要照辦我所說的每一件事。我是在利用你啊，僅管討厭我，我只是覺得你是個很好利用的傢伙。」

他垂下臉，臉龐上的陰影因此加深。

「你把我叫出來，是想談百瀨的事情吧。」

堤防上沒有路燈也沒有住家，只有月光撒在河上，粼粼波光閃閃發亮。

「就算我長大了，我也不會忘了瞬哥。」

「我說過了，我不是那麼好的人。」

河畔空地的石頭在鞋底下吱吱嘎嘎作響。就算我們兩人踏出的步數相同，學長永遠走在我的前面，畢竟我們腳的長度不同。

「要到我老爸的店裡看看嗎？我們小時候常常去玩，我剛好有點事想到事務室處理。」

從河邊到店裡的這段距離，是宮崎學長騎機車載我過去的。晚風迎面吹來，我們在毫無人煙的田園地帶騎著機車，像白癡小孩一樣發出「哇——！」的叫聲。等宮崎學長騎到位於郊區的宮崎西裝店，在附設的停車場停下車時，我們彷彿已經回到小學時代並笑成一團。

「很落魄吧？」

宮崎學長打開店的後門時說道，店鑰匙就串在他機車的鑰匙圈上。一陣子不見，學長父親的西裝店感覺大不相同。我小時候眼中高大的店，現在卻顯得有點髒亂，給人一種渺小的感覺。

學長打開事務室的電燈，曾經許多人往來忙碌的事務室，如今卻像儲藏室，堆放著層層疊疊的紙箱。經營似乎不太順利，是眼前景象給我的印象。

「我打算讀大學，學習經營策略幫老爸的忙。」

學長一邊說地拉椅子讓我坐。宮崎學長坐在在我的面前，開始向我解釋關於公司經營的未來計畫。他說他已經有幾個想法，只差籌備資金。

「所有事都會順利進行的，畢竟我是個能幹的男人嘛。昇，你說對吧？」

「學長說得沒錯。」

宮崎學長起身，從覆滿灰塵的事務桌抽屜之中，拿出筆記本和原子筆寫起字來。

「小時候可真開心啊。」

「我們那時常常來這裡玩。」

窗戶映著室內的燈光，變得就像鏡子一樣。玻璃上倒映出我和宮崎學長的身影，我們什麼時候長這麼大了？房間內聽得到宮崎學長在紙上寫字的輕微聲響。

沒過多久，學長撕下那頁紙仔細折起，然後用兩手握緊。他靜靜地維持這個姿勢一會，彷彿正在向信裡送上他的祝福。

「我會畫張地圖給你，你待會能幫我送這封信嗎？」

「送到哪裡？」

「百瀨家。」

我們兩人又騎著機車回到堤防。我離開學長背後，轉騎上自己的腳踏車。

「幫我向她打聲招呼。」

「好。」

我在宮崎學長目送下出發。我騎了大約二十公尺後回頭，學長跨騎在機車上的身影仍然佇立在堤防上。

三小時後，我按著地圖找到百瀨家，東方天空已經逐漸泛白。我比對著手上的地圖，反覆確認寫著「百瀨」的門牌以及大門後的住宅，就是百瀨陽的家。房子周圍有田野、路燈和樹叢，是一棟和我家相似的透天厝。

我一路踩著腳踏車的雙腳已經到達疲勞的極限，就連普通行走也辦不到，只能搖搖晃晃地攀著樹籬到她房間下方。和宮崎學長在地圖上寫的備註一樣，面向道路的二樓窗戶掛著黃色窗簾。

「百瀨！」

現在還是一般人睡覺的時間，避免吵醒其他人，我試著小聲呼喚百瀨，或是撿小石子丟向窗戶，但窗簾紋風不動。

我無計可施，只好爬上圍牆。圍牆和房子之間的空隙很窄，只要站到牆上，就能夠直接敲到百瀨房間的窗戶。雖然以我的體力來說，這是一件艱鉅的任務，但我還是設法爬了上去。

「百瀨，快起床。」

我用指尖敲了敲幾乎貼上鼻子的窗戶玻璃，窗戶後的黃色窗簾搖晃之後開了一條小縫。見到百瀨穿著睡衣一臉睡眼惺忪的模樣，讓我兩腳的疲勞頓時消失得無影無蹤。

「相原同學？」

她嚇一大跳，打開窗戶。

「你在做什麼啊！」

「我是來送信的。」

「送信？你在說什麼傻話！那應該是郵差的工作吧！」

「這封信沒貼郵票。」

我將信拿出來給百瀨看，百瀨的視線來回看著我和我手中的紙片。

「我下樓過去，你從牆上下去等著。」

她離開窗邊退入房間深處。我照她說的爬下圍牆站回地面之後，聽到大門打開的聲音。依舊穿著睡衣的百瀨腳上踩著拖鞋，從大門後走出來。她看到我停在路邊的腳踏車，似乎很吃驚。

「你用這個來的？」

「花了三小時。」

「眞是令人傻眼。」

「這是宮崎學長的信。」

「宮崎學長的？」

「他叫我把信給妳。」

儘管東方天空已經開始泛白，但天色仍然昏暗得無法辨清信上文字，剛好附近有座路燈，百瀨就走到路燈之下。

她聚精會神地讀著手中的信。她用睡衣袖子擦了擦微紅的眼睛，沒過多久，百瀨發出一聲長長的嘆息。

「我們去散步吧。」

她折起信紙，向我提議。

我推著腳踏車，和百瀨並肩走在路上。走上筑後川的堤防後，由於少了遮蔽物，視野頓時變得十分遼闊。她家和我家都在筑後川的河邊，我一想到我們是各自在河的上游與下游成長，就有一種不可思議的感覺。

「我覺得比起神林學姐，宮崎學長其實更喜歡我，信裡面寫的只是謊言而已。」

「我什麼都不知道，我可沒看過信件內容。」

「這種時候，一般來說不都會偷看嗎？」

「我才不會偷看！」

「是我的話，大概就看了吧。」

「所以信裡寫了什麼？」

「我跟宮崎學長好像分手了。」

「爲什麼？」

「就算兩人彼此喜歡，有時也還是會有這種事。不過我想你應該不會懂吧。」

「嗯，我完全無法理解。」

「那就是你的優點。」

「這樣的話，我們已經不再需要演戲了吧。」

「嗯，我們之間的戲就到此落幕。」

從視野良好的堤防上望出去的景色逐漸明亮，似乎會是炎熱的夏日早晨。堤防的斜坡上是整片茂密青草，風一吹就像波浪一樣搖動。

「謝謝你來這一趟。雖然老實說，還滿像笨蛋的。」

我們沉默地走一會後，百瀨突然停下來冒出這一句。我把頭撇向一邊，回她一句「雖然發生這麼多事情想必很難過，不過還是要打起精神啊。」「眞是羨慕你啊，還是這麼悠哉哉。」她也加以回敬。我揮著手騎腳踏車騎了大約二十公尺，她仍舊佇立原地看著我的方向。我一停下腳踏車，她就向我走近。我們還是再走一會好了，讓我回家一趟去換衣服。那天是星期一，我們兩個向學校請了假，就這樣沿著堤防走了一整天。

❀

「我們能再多聊一會嗎？」

在暖氣開得很強的咖啡店裡，我挽留打算離開的學姐。

「行啊。」

神林學姐點頭答應，再次坐回座位。我們又各加點了一杯咖啡，眺望著窗外福岡市天神街道上熙來攘往的人群。不知何時，林立的高聳大樓間飄起了白色的雪花。

「宮崎學長和我錯身而過，現在剛好去了東京對吧？」

「畢竟那邊總是比較方便。」

她摸著肚子，露出無庸置疑的幸福表情說。

宮崎學長現在爲了新店面而四處奔波。學長透過打造自有品牌，直接跳過中間的貨物流通，壓低商品價格。他還使用電腦進行資訊管理，將客戶的性別、年齡整理成清單，並加以分析，選出陳列在店面的合適商品。

當他提出要在東南亞生產籌備產品時，出現了資金面的問題，神林家在此時提出援助。宮崎學長和神林學姐的結婚爲雙方家庭帶來利益。

這就是宮崎學長選擇的人生。如果他選擇了百瀨，而不是神林學姐，那麼神林家就不可能提出資金援助。他在那天夜晚，大概被迫在重要的兩項事物之間選擇其一。我和百瀨演的戲在那一天就落幕了，但宮崎學長的戲現在大概仍在持續上演。

「在宮崎學長回來之前的這段時間，學姐應該很寂寞吧。」

「沒問題的，因爲我們每天都通電話。」

學姐像小孩一樣率眞的遣詞用語和高中時完全沒變。許多人也許會先被她的外表吸引，但我眞正喜歡的是她的率直。停止演戲後，我依然會和神林學姐聊天。她毫不矯飾的言語總是能讓我心情平靜。

「瞬一直都很掛念你的事情。」

「掛念我？」

「你不是一直留級嗎？」

「因爲大學課業很難嘛！」

「來我們公司上班啊。」

「如果我到處碰壁，到時請務必收留我。」

「要在欠債之前聯絡我們哦。」

接下來我們談了宮崎學長和神林學姐婚禮時的事情，以及關於兩人的新居。現在即使和學姐相對而坐，我也不會緊張了。我已經能夠像朋友地和她交談，而不是一味自卑自貶。這讓人鬆了一口氣，但又令人有點落寞。現在我已經不再是當年十幾歲的自己了。

「說起來，那一天好像有個『鬼燈花市』呢。」

我覷準時機，試探性地問。

神林學姐依舊美麗的臉龐看向我。

「大家一起出去玩的那一天嗎？」

「學姐在巴士上將撿到的鬼燈花送給了宮崎學長。」

神林學姐瞇起眼睛。

我的手掌開始冒汗。

「我記得學姐對花語很熟，想來應該也知道鬼燈花的花語。我是在半年前左右知道的，因爲大學剛好有熟悉花語的人，對方偶然間告訴我的。」

鬼燈花的花語。

背叛、不貞、見異思遷。

我們四人中，演技最出色的究竟是誰呢？

神林學姐臉上浮出笑容，並將食指抵在唇上。別告訴其他人哦。她的動作充滿妖豔的韻味和成熟的魅力，絲毫不是我至今爲止認識的神林學姐。那個宛如小孩一般的純眞女性似乎從一開始就不曾存在。

和神林學姐道別，我走過天神街區搭上電車。

一到了令人懷念的西鐵久留米車站，我就步向我和百瀨陽約好的地點。我在返鄉之前，已經和她說好要在西鐵久留米車站碰頭。

最後稍微講一下我和百瀨的事情吧。

我們停止演戲後，仍舊是朋友。我們會在學校樓頂聊天，也會一起在學生餐廳吃烏龍麵。她和田邊也熟了起來，我們還曾經三人一起行動。我雖然對她抱有好感，但我當時仍在煩惱自己不過是個區區的微弱燈泡，遲遲不敢說出自己的心意。就在我猶豫不決的期間，宮崎學長和神林學姐畢業了，我們也升上高中三年級。田邊想要到愛知的大學，我選擇東京的大學，而百瀨決定留在鎮上找工作。

我成功考上東京的大學，並且在東京租房子。我帶著笨重行李，準備搭新幹線到東京的那天，百瀨一路送我到博多車站月台。我在月台上終於向她告白，告訴她「其實我一直喜歡妳。」

「爲什麼你要在這種時候說這種事！」

百瀨大發脾氣，臉轉向一旁不肯看我。

「百瀨，看我這邊。」

我小心翼翼開口，於是她轉過頭，用宛如野貓般的眼神看著我。

海灘

1

一九七六年，日本腦神經外科學會將維持下列六項狀態達三個月以上的患者，定義爲植物人。

一、無法自行行動。
二、無法自行進食。
三、無法控制排泄行爲。
四、眼球雖能勉力追蹤物體，但無法識別。
五、即使患者能發出聲音，但無法發出有意義單詞。
六、患者雖能執行「睜眼」、「握手」等簡單命令，但無法做更進一步的溝通。

植物人和腦死的區別，在於維持生命所必需的腦幹部分依然存活，因此患者仍能自主呼吸，只要供給營養便能持續存活。植物人狀態一旦維持數個月以上，患者的康復機率幾近於零。

以我的情形來說，據說我在溺水三個月之後，就被迫出院，因爲對醫院來說，康復機會渺茫又無法治療的患者根本賺不了錢。雙親和姊姊四處尋找願意接手照顧的醫院，但幾乎沒有醫院願意收留，最後只好將我的身體轉回家中看護。

但雙親找到願意到家看診的醫生。媽媽和姊姊會爲我擦拭身體，確認我的生理期是否正常，並向醫生報告。如果有痰卡在喉嚨裡，可能會害我窒息，所以媽媽即使半夜也必須保持清醒。照顧我的身體非常勞神費工，照顧我的人必須不停幫我變換姿勢，以免我得褥瘡，此外還有排泄物處理等工作。由於我起碼還能夠吞嚥流質食物，所以吃飯的時候用湯匙餵就好。

雙親與在家看護所帶來的孤獨與不安奮鬥著。女兒能夠恢復到與人溝通的程度嗎？據說雙親查到幾個國外案例，並以此作爲心靈上的依靠。從漫長沉睡中甦醒的人雖然少，但確實存在。某日，我也成爲從長眠中甦醒的一人。

我在風雨激烈的夜晚醒來，全身爬滿彷彿一直維持跪坐姿勢的麻痺感。窗外雷光隱隱，雨點敲打窗戶。我有很多事想向媽媽講，卻無法順利出聲。姊姊站在房間入口，看起來和最後我們在高中校門前分開時的模樣非常不同，她的懷中還抱著嬰兒。

我望向掛在房間裡的月曆，上面寫著二〇〇二年十一月。姊姊懷中的嬰兒哭起來。我的腦中一片模糊，無法理解眼下的情況。姊姊注意到我困惑的模樣，向我解釋。

「妳沉睡的期間，人類已經迎來二十一世紀。妳現在已經二十一歲了，或許妳會難以置信，不過從那以來已經過了五年。」

一九九七年的春天，我成功進入高中，和姊姊穿上一樣的制服。姊姊似乎不太樂意我成為她的學妹，畢竟我們長相和髮型相似，一旦穿上相同制服，就容易被其他人誤認。我和姊姊回家時間大多數時候都不太一致，那一天卻偶然在同一班電車上遇到。軌道沿著海岸一路蜿蜒，奔馳在軌道上的是像巴士一樣的單節車廂電車。從電車窗外望去，可以看見沿岸林立的民家屋頂和海平線。當視野中出現海灣時，就代表木造的無人車站快到了。

在車站下車後，我和姊姊沿著海邊的道路邁開步伐。穿出樹林旁後，靠海一側的視野就變得豁然開朗。

海灣的岸邊站著一名少年。他只穿著一條泳褲，背部被太陽晒得黝黑。個子矮，頂著平頭，體型看起來十分矯健。

「哎呀，我還以為是隻野生的猴子。」

姊姊望著少年，不小心脫口而出感想。少年轉過頭，我們的視線一瞬間交會。不過少年馬上垂下視線，朝大海奔去開始游泳。我心中一驚，因為剛才少年的眼裡滿盛著憤怒。

「我問妳哦，妳最近應該有空吧？我有件事想拜託妳。妳想打工嗎？工作內容是當家庭教師。畢竟妳看百合子那副德性，要說誰能夠教小孩讀書，人選非妳莫屬了。」

星期六晚上，媽媽向我提出請求。姊姊躺在起居室的榻榻米上，一邊抓屁股，一邊和交往中的男生興高采烈地聊天。她滿腦子都是明天的約會，根本沒法教別人讀書。

「誰的家庭教師？」

「附近鄰居的小孩，他從四月就拒絕上學。」

「名字是？」

「那孩子叫做灰谷小太郎。」

照媽媽的說法，對方也會支付酬勞。剛好我有想要的皮包，於是我就一口答應了打工。

翌日的星期天，媽媽就帶我到灰谷家拜訪。對方帶我們到客廳，將晒得一身黝黑的少年帶到我們面前。我們看到彼此的臉時猛然一驚。怎麼，原來是妳？這句話感覺要從他的嘴裡衝出，看來他還記得我的臉。他就是那時在海灣的少年。

小太郎的床上丟著漫畫雜誌及掌上型電動，散落房間角落的是足球與拙劣地用油性筆上色的機器人模型。我每兩天就造訪這個房間，帶著懷念的心情攤開小學六年級的課本，讓小太郎乖乖坐在椅子上，指導他的學習。但小太郎的集中力只能維持十分鐘，一過十分鐘，他就會抓抓頭丟下鉛筆，在床上滾來滾去，從床上滾到地板後就會爬起來發出奇怪的聲音，並試著開門逃出房間。

「妳一定沒有男朋友吧。看妳沒事可幹，幾乎天天都到我家，還眞是孤單寂寞的傢伙。順帶一提，姬子妳的胸部好平。」

「別直接叫我名字。」

「那我以後就叫妳老師好了。老師，妳能模仿什麼東西嗎？妳個性不親切一點可不行哦。」

某一個下大雨的日子，當我教小太郎讀書的時候，響起隆隆雷聲。窗戶閃過一陣光芒，在牆上映出我和小太郎一大一小的兩道人影。過一會後，一陣宛如天空炸裂的巨響響起。我雖然很想躲到桌子底下，但考慮到學生在看而按捺住了。

「老師，打雷怎麼引起的？」

小太郎望著窗外問。他的眼睛閃閃發亮，滿心期待窗外再次亮起。

「打雷是雲和地面之間的電位差而引起的哦。」

「ㄉㄢˋ ㄨㄟˋ ㄔㄚ？」

窗外亮起眩目的白光，一陣轟——的聲音響起。我雖然想崩潰大喊「別再打雷了」，但不想被十二歲的小孩嘲笑，我裝出一副若無其事的模樣。

「老師，世界需要打雷嗎？這樣不會浪費電嗎？」

「神明的設計是不會出錯的。如果沒有打雷，生命就不會誕生了。」

「眞的嗎？」

「雷落到海裡，促使生命誕生。一種叫做胺基酸的東西透過化學反應產生，就這樣，人類才得以出現。哎，這個先放一邊，先把這一題數學解出來。」

「老師知道的眞多吔，雖然沒什麼胸部，但什麼都知道。」

我用數學課本敲了他的頭。宛如爆破的聲音響起，來源自然是窗外。小太郎安靜一陣子，默默進行分數的約分和通分。不過做完一頁，他又一如往常地拋下鉛筆。

「做題目就是要適當地停下來休息，效率才會比較好。」

小太郎從抽屜中拿出黃色的四方形物體。東西的外觀看起來像是塑膠製鉛筆盒，但似乎是一副觀賞望遠鏡。望遠鏡上面加了繩子，以便掛在脖子上。碰地打開蓋子後，裡面會升起兩個鏡片，變成一副雙筒望遠鏡，構造意外地精緻。

「挺酷炫吧。」

「那個是怎麼來的？」

「爸媽買給我的。」

小太郎拿著望遠鏡看向窗外。窗外是一片遼闊大海，海平線在昏暗的雲朵下模糊不清。

「啊，落雷了。老師，雷打到海裡了。說不定有生命要誕生了。」

我之所以擁有充裕的時間來家教，原因正如他所說，因爲我沒有要好的男性友人。我和容貌相似的姊姊在這一點上大不相同，我根本無法想像自己和男生親密相處。我的興趣說起來就是預習和複習課業，以及背誦國文課本。我的心靈聖經是《時間與空間的詩集》，作者是東京某位大學教授。我唯一的自豪之處，就是從我小學一年級的入學典禮算起，到現在高中一年級爲止，從未請過假。我怕只要少上一天課，就會因爲缺課而無法理解上課內容。所以我一直留意不讓自己生病，晚上十點就睡覺，食物總是仔細咀嚼後再吞。對於這樣的我，姊姊的意見是「妳根本是外星人。」我大概會就這樣無法交到男友、無法結婚，也無法生小孩地度過一生。

「老師眞的完全沒請過假？好厲害，根本就是女鐵人，而且胸部也硬梆梆的。老師的人類等級還眞高吔，像老師這種人竟然須看顧不肯去學校的小孩，這應該就是所謂的諷刺吧。」

我一開始雖然總想掄拳揍人，但慢慢對這種你來我往的拌嘴樂在其中。如果我在放學路上看到小太郎在海灣，我們就會一起走路回家。我和他一起餵野貓吃香腸，不時用手指戳戳他的和尚頭。我的腦中隱約浮出想法，覺得假如自己有小孩，大概就是像這種感覺。

遠離城市的海濱小鎮即使進入九月，熱度依然不減。在一個燠熱的星期天，我和小太郎一起到海灣。當我提議今天在戶外上課時，小太郎開心得不得了。自從我當家庭教師已經過了三個月，夏天早已開始，並且不知何時結束。

海灣的沙灘長度約三十公尺，形狀宛如陸地剪下大海的一處，再以兩手合攏圍起。沙灘的顏色是灰色的，仔細一看就會注意到沙灘由白色沙粒與黑色沙粒混雜而成。我一開始對海灣並沒有任何特別印象，直到小太郎發現那個黑色漂流物為止。

「那什麼啊，屍體嗎？」

當我觀察波浪起落並注視海邊的生物時，站在波浪沖刷處的小太郎突然喃喃自語。他指著海灣中央一帶的海面。

我一驚。一個黑色物體浮在海面，形狀細長，大小與人類相近，但距離太遠，所以難以辨認。

「一定是浮木啦。」

除了浮木沒有別的可能。黑色物體隨波漂流一陣子後沉進海中，不再浮起。

「那果然是人，一定是溺水了漂流到這裡。」

「我都說了，那是浮木啦。」

海灣的波浪開始給人一種詭異的感覺，持續不變的浪濤彷彿在主張自己對剛才將某物吞噬的一幕一無所知。小太郎用嚴肅的眼神凝視著大海，讓我想起第一次見到他時，他當時充滿怒意的眼神。

「你還記得我們第一次遇到的時候嗎？」

「是指老師和老師的姊姊在一起的時候嗎？」

「你那時候爲什麼在生氣？」

「我在想警員的事情。」

「ㄐㄧㄥˇ ㄩㄢˊ？」

「我們班的老師。他其實叫井原（註一），不過因爲他老愛像電視劇裡的壞警察一樣擺臭架子（註二），所以我們叫他警員。」

我聽小太郎的媽媽說過，小太郎不肯到學校的原因是他對級任導師的不信任感。

「我還以爲你是說植物的荊原（註三）呢。你知道荊原是什麼嗎？就是一整片荊棘形成的原野，童話中圍住睡美人城堡的就是荊原哦。」

「我不知道，也沒興趣啦。」

交談後，小太郎陷入沉默，只是一直望著海。

「你看這個形狀奇怪的沙粒，這在其他海岸難以看到哦，你知道爲什麼嗎？」

我將沙粒放在手上給小太郎看，那沙粒有著像角一樣的突起。其實這是一種叫做有孔蟲的原生生物骨骸，死後留下石灰質的殼，然後被海浪沖到沙灘上。爲什麼在其他海岸看不到呢？大概是因爲海灣的波浪比較和緩，環境比較適合生物棲息，導致海灣的沙灘上會有比其他海岸多的骨骸。也就是說，這片海浪不停沖刷的沙灘，其實是堆積著沖上岸的原生生物骨骸的墳場。

我向小太郎這麼說明，但小太郎根本沒聽。

「無聊透頂。」

他最後還把頭甩向一邊。

「那今天就這樣告一段落吧。」

我們彼此一語不發地踏上回灰谷家的路。幽靜的沿海鄉鎮不論走到哪裡都吹著海風。小太郎頂著不爽的表情，而我自己大概也一臉不悅。海鷗掠過頭頂，浪花的白沫乘著風濺上臉頰，到處都是頂著太陽曝晒茂密生長的雜草。

我一邊擦汗，懷著想哭的心情走在小太郎前面。

註一：井原的日文讀音為いはら（ibara）

註二：原文為威張る，日文讀音為いばる（ibaru）

註三：原文為茨，日文讀音為いばら（ibara）

一九九七年九月八日，早上非常晴朗。媽媽一如平常地煮了味噌湯，爸爸準時在七點半出發前往公司。

中午午休時，我和朋友北村及西澤一起吃便當。她們兩人都是我從國中就認識的朋友，我們常常交流書籍。北村喜歡日本純文學，西澤喜歡歐美文學。吃完午餐後，我們在操場散步，輪流談論自己暑假所看的書籍感想。陽光非常溫暖，花圃裡的花朵燦放，蝴蝶優雅地在花間飛舞。我們各自背誦出自己知道的詩或小說字句。

姊姊路過我們面前，她和交往中的男友親密聊著天，昨天兩人約會時去的遊樂園似乎很有趣。離去的兩人彷彿讓我們瞥見截然不同的世界一角，讓我們有點不自在。

「我們會不會太陰沉了啊？」

北村露出擔心的神情，西澤馬上安慰她。

「怎麼會，妳放心啦，書本的世界很棒啊。」

「不過其他人說不定平常不會背誦詩歌之類……」

「其他人也會啦，背誦詩歌很平常啊。」

一天的課程結束，音樂教室傳來調校管樂器的聲音，管樂團的練習似乎正要開始。我很喜歡管樂器的聲音，管樂器寫成英文的話是「a wind instrument」，也就是風的樂器。因為管樂器是透過振動空氣發出樂聲，所以才取了這個名字。

我準備回家而在鞋櫃旁換鞋子時，剛好遇上姊姊。

「眞是的，他們調音要調到什麼時候啊。」

姊姊聽著管樂器的聲音嘟囔。音樂教室傳來的聲音始終停留在調音階段，樂曲的演奏遲遲沒有開始。

「團員還沒到齊吧，而且我很喜歡這種開始之前的時光。」

「姬子，我們一起回家吧。我可以幫妳拿一個書包。」

姊姊和我不同，她總是把課本丟在學校，所以要帶的東西很少。

「謝謝，那眞是幫大忙了。」

因爲剛買的新書包比較輕，所以我把新書包遞給姊姊。朝校門走的路上，我開口問姊姊。

「這次是第幾個？」

「第三個，有意見嗎？」

「同班同學？」

「國中就認識的朋友。」

「妳一直對對方有那種感覺嗎？」

「是從友情產生化學變化而來的。姬子，妳也加把勁啊。」

餅月姬子，有人叫了我的名字。我轉身回看，數學老師從圖書館的窗戶探出頭向我招手。我幾天前向老師請教解不出來的證明題，老師現在似乎可以教我怎麼解題。

「妳到底多喜歡讀書啊，我可要先回去嘍。」

「嗯，我知道了。」

姊姊提著我的咖啡色書包，迅速走出校門。

我抓著吊環隨電車搖動，望著窗外的景色。霞紅色的天空在並列的民房和海平線上一路延伸。我曾在車站月台尋找姊姊的身影，但是一無所獲。她大概搭上先開走的電車回去了，於是我一個人搭上電車。剛剛聽老師說明解題時，不小心花了太多時間。

隨著電車接近下車的前一站，海灣出現在視野。波浪拍打的地方有一個小小的點，西斜的太陽將那個人的影子拖長，烙在沙灘上。我直覺認爲那是小太郎，他今天一定也去游泳了。夏天的熱度尚未消褪，海水應該還很溫暖。

我下了電車，走上沿海的道路。很少人走這一條路，路上放眼望去只有我一人。只要通過樹林和碼頭就是海灣。

照平常的話，我會出聲叫小太郎，然後兩人一起行動。但我已經暗自決定今天要無視他，直接走過。昨天吵架的情景再次浮現在腦海中。

夕陽彷彿要將一切染成火紅，不論大海、沙灘，或手掌都變成一片通紅。周圍籠罩在一片靜滯的空氣裡，絲毫沒有半點海風。

突然一陣激烈的水聲傳來，海灣中央一帶濺起水花，正是昨天黑色物體漂浮的位置。細瘦的手臂正在拍打水面，沙灘上放著脫下拋置的上衣。

他大概爲了搞清楚昨天的黑色物體到底是浮木還是屍體，所以才下海調查。

「老師，救命！」

小太郎走投無路的呼救聲傳來，我從書包中拿出手機撥打119，同時跑過長滿雜草的狹窄斜坡，踩進難以奔跑的沙灘，全力衝向海邊。

2

所有生物都來自海洋。

從落雷之後的胺基酸開始。

綿亙不斷的漫長黑暗。

我的身體彷彿在海底漂蕩。

身體感覺像在海中分解溶化了。

偶爾覺得有人在叫我的名字。

我夢到浮游生物。

我夢到海洋生物、恐龍，還有冰河期。

我夢到猴子生火。

火焰的亮度膨脹竄高，那份明亮令我爲之目眩。

世界被白光包圍，同時響起爆裂般的聲響。害怕雷聲的我全身緊綳，從睡眠中醒來，對發生什麼事一頭霧水。房間的窗戶半開，窗簾被風吹起，在空中翻飛。雨點從窗戶打進，我想把窗戶關上，身體卻無法動彈。窗外再次閃過亮光，聲響驚人。

這裡是我家其中一間房間。

媽媽進房，關窗拉上窗簾。她不知是否在減肥，氣質看起來有點不一樣。

媽媽……我無法順利發出聲音。可能察覺到我的動靜，媽媽回頭看我。

怎麼了？我想問媽媽，爲什麼露出吃驚的表情？

媽媽打了兩通電話，一通打給醫生，另一通打給某戶人家。沒過多久，有人來到家裡。他大概在暴風雨中趕來，全身都溼透了。這個個子比我還高的有爲青年到底是誰呢？

我意識朦朧地思考著這個問題。

一直開著的電視正在播報新聞。避免我感到寂寞，一直以來電視或收音機大多開著。我現在待在一樓某個房間。我本來的臥室在二樓，但因爲每次換尿布都要爬樓梯太過辛苦，才把我換到這裡。這個房間原本沒有電視和音響，後來特地爲我加裝。

「妳在這五年間有意識嗎？還是沒有？」

姊姊坐在床沿餵小孩喝奶。婚後搬到隔壁鎮的姊姊，似乎常常帶著小孩來訪。

「我、作夢。原始的、海。」

我只能發出微小的喑啞聲音，姊姊非常專心聆聽。窗外一片晴朗，前幾天的狂風暴雨簡直像騙人的。我家就在海邊，每一處都聽得到海浪的聲音。說不定就是因爲這樣，我才會夢到大海。

「是嗎，太好了，原來妳在睡覺。我一直擔心妳雖然不能行動或說話，但其實說不定在思考。儘管有意識是好事，不過那樣就太殘酷了。」

我的腦袋雖然依舊混沌，但終於能發揮效用，理解發生在我身上的事情。早上醒來，我馬上看向月曆，上面的日期並沒變回一九九七年，仍然顯示著二〇〇二年。

我只能用微小聲音說話，身體也只能移動指尖，無法脫離躺在床上的狀態。不過照醫生的說法，只要進行復健，其他部分也能夠慢慢恢復。

比起這點，更麻煩的是每天早上爸媽和姊姊都會來確認我的狀況。他們擔心我是否又會一睡不起。

大門門鈴響了，我聽到媽媽前去應門的腳步聲。喝完奶的小嬰兒在姊姊的懷中，逐漸沉入夢鄉。

「進入、二十一世紀、的時候，慶祝、了嗎？」

「並沒有，大家就和平常一樣。」

開著的電視中，新聞播報員講了一個我不熟悉的詞語。剛才電視中也反覆提到同一個詞，那到底是什麼？

「9．11、是什麼？」

姊姊露出沉痛的表情說明。

「那是一年前的事情了。那件事死了三千人。那時剛好是這孩子在我的肚裡，讓我的肚子鼓得圓滾滾的時候。妳和這孩子都沒看到轉播，不過全世界的人都目睹了那一幕。」

雖然我仍舊不太明白，不過我似乎錯過了某個決定性的一刻。

「二〇〇一年九月十一日，四架飛機在美國遭到劫持，其中兩架飛機撞向了紐約世界貿易中心的摩天大樓。」

男性的聲音傳來，姊姊露出微笑，說了聲「哎呀，歡迎」。剛才門鈴似乎是他按的，自從我醒過來後，他每天都來拜訪。

「老師，今天感覺如何？」

他在床邊坐下，身穿學校制服，大概是放學回家的路上過來拜訪。他的聲音和當時不同，變得低沉。當時他還僅有十二歲，現在卻已是十七歲的高二生。小太郎在不知不覺之間，已經追過身爲老師的我學年了。

向公司請假的爸爸揹著我，讓我坐上輪椅。爸爸揹我時，我注意到眼前爸爸頭上的白髮。爸爸推著輪椅，帶我在附近晃一圈。

「對不起，給爸爸添麻煩了……」

「沒事的。」

儘管我已經能夠相當流暢地發出聲音，爸爸開口的次數依然很少。我們在散步途中經過小太郎家前，屋前的門牌已經被撤下，現在沒有任何人住在那裡。在我溺水之後過了半年左右，灰谷家就搬到鄰市，只是小太郎似乎仍會騎著腳踏車，每天到我家報到。他們一家都在我的看護一事上予以大力支持。我醒來後，他的雙親也前來拜訪，離去時還不停低頭行禮，低頭的程度幾乎像在磕頭。

「話雖如此，那孩子變得眞多……」

「是啊。」

「簡直像不同人。」

「我很感謝小太郎。」

爸爸推著輪椅低聲道。總是來家裡拜訪的小太郎，對父母來說一定是很大的鼓勵。

我每天都忙於和來探望的客人打招呼。親戚的叔叔阿姨們上門來，向我們說聲太好了太好了，然後就打道回府。儘管煩人，不過他們會買點心，所以我還是很開心。每個見到我的人都認爲我是餅月姬子，讓我覺得很不可思議，因爲就連我自己都還不習慣自己現在的長相。

我每天照鏡子，但找不到當年十五歲時還是高一的自己。我生日的月份已過，我已經二十一歲了。我的髮型也和當時不一樣。在我沉睡的期間，似乎是姊姊適度地爲我剪頭髮，只是姊姊的手不算靈巧，我的頭髮讓人想到被雨淋濕的小狗。

我努力復健，試著讓身體恢復到意外前的狀態。我拚命地伸出手臂，握緊茶杯，並將茶杯舉起來。我的肌肉彷彿吱嘎作響，就像一具弱小的機器人。茶水因爲顫抖的手臂灑出，淋到茶水的手一陣熱燙。不過就連被燙到的感覺也讓我開心。

姊姊的丈夫也爲我的復健加油打氣。眞虧他願意和姊姊結婚，畢竟如果我的狀況一直沒有起色，等到爸媽過世後，他可能就得接下照顧我的工作。姊姊的丈夫有一張福態的圓臉，同時也是一位心地善良的人。他和姊姊認識時，我已經躺在床上陷入深眠。當我向他說「初次見面」作爲招呼時，他竟然大受感動：「妳的聲音原來是這個樣子啊。」

高中時的朋友北村和西澤也到家裡來。我醒來後，就用電話和她們兩人聯絡，只是她們都住在遠方，無法馬上見面。她們兩人都在通電話時哭了，在客廳重逢時又哭了一遍。她們在我沉睡的時候曾經多次來探望，還寫信鼓勵我爸媽，現在那些信仍被好好保存。她們兩人都已經從高中畢業，成爲大學三年級生。我向兩人詢問同學們的近況。

「有人已經結婚了。」

「也有人已經踏入社會了。」

「最後見到的時候，大家明明都還是高中生啊……」

我仍然對高中時的記憶難以釋懷。根據爸媽的說法，我被認作休學處理，還是有復學的可能。不過我的身體已經二十一歲了，如果和大家一起去上學，絕對非常顯眼。

「今天能見到妳們，眞是太好了。妳們兩個都變得好漂亮，讓我嚇了一大跳呢。」

到了回去的時間，兩人拿起外套穿上。她們對視一眼，彼此點點頭後，小聲告訴我：她們在大學都交了男朋友。我們三人在高中午休時刻吃午餐，討論讀書感想已經是很久以前的事了，時間從未停下腳步。

十二月中時，我終於能不靠輪椅行走。雖然看護的人要在一旁，而且不用拐杖就會搖晃不穩，但復健很順利。

星期天我試著和小太郎一起走到海邊。我坐在混凝土階梯，眺望著大海。鉛灰色的大海在陰鬱天空下發出沉重的聲響。海鷗飛翔交錯，不時降落在沙灘上，用鳥喙啄啄沙灘上的垃圾。

「那時的老師與其說睡著了，感覺更像去了某個遙遠的地方。眼睛偶爾還會張開，據說是反射動作，簡直就像人偶一樣。」

我昏睡時，他似乎會向我說話，或唸書給我聽。因爲他相信在一動也不動的肉體中，仍有能夠思考的意識，聽得到周圍的聲音。

小太郎瞇起眼睛，凝視著海平線。柔軟的頭髮在海風吹拂下飄動。他的身材瘦長，就像用鐵絲做成的人偶。皮膚沒什麼晒黑的痕跡，因爲他被父母禁止參加運動，這大概是在海灣發生的事情所造成的影響。那時毛躁調皮的小學生，現在已經變成沉穩的少年了。小太郎進了我當時就讀的高中，成爲我的學弟，但現在他的學年比較高，所以反而算是我的學長。

「你參加什麼社團？」

「圍棋社。」

「圍棋？為什麼？」

「我因為某部很流行的圍棋漫畫才加入的，令我意外的是社團也有女性社員，不過稍早前好像都只有男生。」

「應該是在你入社之後才有女性社員吧？」

這是我觀察長大後的小太郎長相所得出的結論。雖然我不太會形容，但他變得很有男子氣概。

「妳這麼一說，好像真的是這樣。」

「女生們一定是為了你入社的。」

「我？妳在亂說什麼啊，大家都是喜歡圍棋的人，還常常熱心地問我問題，問這種時候該怎麼下才好之類的。」

「那只是以圍棋為藉口找你搭話而已。」

「怎麼可能？講得一副我很受歡迎的樣子。」

「難道不是嗎？」

「那種像漫畫一樣的劇情，怎麼可能發生在我身上？雖說是小學時的事情，不過在女生之間的祕密問卷調查中，我可是討人厭男生排行榜的前三名哦。像我這樣的人，怎麼會有人喜歡找我講話？老師還是老樣子，對戀愛這檔事一竅不通吔。」

他對我露出笑容，表情和小學時候一樣一點也沒變，讓我忍不住心想眼前的人的確是我認識的小太郎。

我們在談話間決定喝杯咖啡，於是離開海邊前往家庭餐廳。五年前還不曾存在的嶄新道路通過小鎮，沿街開著錄影帶店及漫畫咖啡廳等店。

「很多東西都變了呢。」

「老師妳以前自豪的就是不遲到不缺席，這下可睡掉好一大段人生。」

我們走在工整的林蔭步道，又聊得興起，導致我一時沒注意到地面的段差，等到察覺時已經太遲了。我被段差絆到腳尖，身形頓時一歪。我的拐杖落在柏油路上，發出堅硬的聲響，但我並沒有摔倒。在我倒下前，小太郎及時抱住我。好幾台車從一旁的道路開過，承受我體重的小太郎仍然沒放開我，於是我們維持著相同姿勢靜止了幾秒。最後小太郎終於放開手臂，我再次靠自己的腳站起。

「小心一點啊。」

「嗯。」

我點頭回應，什麼事都沒發生似地繼續往前走。

家庭餐廳內布置著迎接聖誕節的裝飾，窗外往來的車輛川流不息。

「……沉下去的是浮木呢。」

這是我第一次從他口中聽到那次意外的事情。我已經聽姊姊講過當時小太郎在海灣游泳的原因，他那天果然是想查明前一天漂浮的物體究竟是浮木還是人，而一路踩水游到海灣中央，結果腳抽筋了。他看到路過的我，於是向我求救。

「我一直想向老師道歉。謝謝妳，還有對不起。」

五年前，我在海底失去意識，心臟最後因缺氧而停止跳動，超過三分鐘的死亡機率是百分之五十，超過十分鐘的話就幾乎不可能救活。幸好我在跳入海中之前，已經事先撥打電話叫救護車。急救員把我從海中救出，並進行急救措施。急救員似乎還爲我進行了人工呼吸。換個方式想，我的初吻對象就是當時海岸上的陌生大叔。

「老師，妳怎麼一臉沮喪啊?」

小太郎盯著我的臉，擔心地詢問。

「沒事，我沒在沮喪。」

「妳是在意剛剛差點摔倒的事情吧。不用在意，我早就習慣了。」

小太郎這五年間，在幫忙照料我的時候，已經抱過我無數次了。

「妳不用太在意體重啦，那是妳回復健康的證據。我只是因爲重量比以前重了，所以有點吃驚而已。」

「我現在開始沮喪了。」

回到家裡時，天已經全黑了。分道揚鑣之際，跨上機車的小太郎開口。

「我管老師的姊姊叫百合子，所以我也叫老師的名字姬子哦。說起來，妳們兩人的氣質和動作都很像。小時候遠遠看妳們兩人，根本分不出來誰是誰。」

「但內容物可差得十萬八千里。要是我能夠像姊姊一樣就好了，以前還曾經有人說我個性不夠親切。」

「哪來的笨蛋，竟然說這種話。」

「笨蛋就是你啦。」

小太郎發動引擎，騎車離去。我站在家門前目送他，直到消失在視線之外。燈光從我家的窗戶流洩而出，屋內聽得到準備晚餐的聲音。天上的雲朵都消失無蹤，白淨的月亮浮現在夜空中。

聖誕節那天，姊姊和姊夫帶著特大號的蛋糕上門，小太郎則帶著炸雞按響玄關門鈴。結束了熱鬧歡騰的聖誕節派對，過了除夕夜，世界迎向二〇〇三年。

二月一日，哥倫比亞號太空梭結束在宇宙的任務，準備返回地球時，在德克薩斯州的上空被火焰包覆，執勤的七名太空人全數罹難。即使到了二十一世紀，宇宙仍舊是個遙遠的地方。

身體的痲痺逐漸好轉，剩下右腳還有點動作遲緩。除了必須拄拐杖，我已經能夠和一般人一樣行動自如。我不管到哪裡都會帶著拐杖，那就像是我的第三隻腳。

隨著復健的進展，我開始在意將來的事情：我接下來的人生究竟該怎麼辦呢？總之我決定先以大學入學資格檢定考試爲目標。大學入學資格檢定考試通稱大檢，只要通過考試就能夠得到上大學的資格。

正當我研讀關於大檢的書籍時，家裡的電話響了。媽媽剛好外出，我用手撐著牆壁走向電話，拿起話筒。

「您好，這裡是餅月家。」

「不好意思，請找姬子小姐。」

話筒另一端是我初次聽聞的女生聲音。

「我就是。」

「妳就是姬子小姐？請妳放開灰谷學長。」

灰谷學長？是指小太郎的事嗎？

「請問您是哪位？」

「我是女生代表。」

「代表？什麼的代表？」

「那個不重要。總而言之，妳太卑鄙了。」

「卑鄙？」

我搔了搔頭。

「我不管妳以前是不是學長的老師，妳竟然利用學長的良心……總之請妳放開灰谷學長！」

電話隨著另一端傳來的激烈聲音掛斷了。

3

海灣的中央並不是我游不到的距離。照平常的話，我輕輕鬆鬆就能游到，但濕掉的制服就像鉛錘一樣沉重。游到海灣中央時，小太郎緊緊抓住我。我感到冰冷的海水和大量的泡沫，我們兩人一起沉了下去。

海底的深度是我身高的三倍，下沉的同時，我們都看到了在海邊見到的黑色物體。一時之間，我還以爲眼前的是腳上綁著鉛錘的人在水中沉浮。但實際上是浮木在直立狀態下靜止於水底。

我和小太郎沉到浮木旁邊，那是一段表面光滑，約兩公尺長的樹幹。浮木被類似漁網的東西纏住，漁網的一邊纏著浮木，一邊勾在海底，浮木就這樣被繫在海底。

我努力掙扎，腳偶然間踢到浮木。網子動了一下，附著在上面的藻類隨之飄散在海中。網子纏住浮木的部分稍微鬆動了。眼前的情景讓我因爲缺氧而無法正常運作的大腦靈光一閃。我抓著小太郎的手，又踢了浮木一次，不過這次瞄準了浮木被網纏著的部分。幸好浮木表面很光滑，樹幹就這樣從網中滑出。少去將浮木纏在海底的網子，浮木開始往海面浮起。

我推小太郎一把，讓他抓住浮木。但我也到極限了，最後我被泡沫的聲響包圍。海灣的水底十分冰冷，我隨著海水的流動漂浮著。忽然間，我仔細看向海底的沙子，在混雜著有孔蟲甲殼的沙子中，埋沉著紐約崩塌大樓的碎片。那些數量驚人的碎片宛如人骨，被浪沖刷上沙灘。

我在此時睜眼醒來。

月光從窗外照進，我從床上坐起，做了幾次深呼吸。剛才的夢讓人全身冒汗。我在五年間所夢到的原始之海令人心情寧靜，但睜眼迎來二十一世紀之後，我老是夢到沉入海灣時的光景。

隔天早上，我準備將課本等放入書包時，發現書包中的東西仍然維持五年前的原樣。在學校請姊姊幫忙拿回家的棕色書包，在意外之後似乎不曾被用過，裡面放著小學六年級用的習題和我自己的課本。那時我是老師，小太郎是學生。我帶著懷念的心情望著那本習題，然後提著書包出門了。

我撐著拐杖走在沿海道路，朝車站方向前進。五年沒走的路已經荒廢不堪，雜草從柏油路面的龜裂處生長而出。這條路現在似乎沒幾個人走，也許開通新道路後，搭巴士比較方便，所以搭電車的乘客減少了。

海灣仍和以前一模一樣，陸地從兩側突出，切割出一小片海洋。我站在灰色的沙灘上，凝視著那時小太郎溺水之處。

我覺得自己彷彿仍然沉在那處海底，因爲我感到和社會之間的違和感。我仍無法完全融入世界。儘管我一邊復健，一邊調查五年間發生的大事、補齊缺漏的歷史，但就像我還留有麻痺感的右腳，不可能所有事都恢復成原樣。

我上學不曾遲到缺席，因爲我怕自己跟不上上課內容。我擔心只要錯過一堂課，老師和同學就會翻開課本的下一頁，丟下我繼續前進。現在的我正是這樣，不論姊姊、朋友、人類的歷史，都已經翻開新的一頁。

海平線附近有隱約的船影，雖然實際上可能是巨大的油輪，不過看起來就只有小小一點。我抓緊書包，繼續朝家庭餐廳邁進。

三角函數、指數函數、對數函數、微分法、積分法。我坐在家庭餐廳的窗邊座位，一邊啜飲咖啡一邊認眞讀書，傍晚時分，穿著制服的小太郎突然出現。

「我問了阿姨，阿姨說妳在這裡。妳在讀書？」

「我打算報考大檢。」

我的書本和文具就攤在桌上。家庭餐廳內的客人不多，除了我之外，也有人同樣在讀書或用筆電辦公。小太郎在我對面的座位坐下。

「我想去補習，在那之前打算先用功自習。」

「妳在三個月前都還在需要看護的狀態，何不再休息一陣子？」

「我已經休息得夠久啦，差不多該動起來了。」

我重新把目光投向數學課本，結果小太郎點了杯咖啡，然後自書包中拿出看起來像從圖書館借的書。眞沒想到當年的那個小學生竟然會自己看書。我原本還以爲小太郎是開玩笑唬我，但在我用功的期間，他一直安靜地閱讀。

我腦中的知識只到高一上學期的內容爲止，之後的知識則屬於我未知的領域。有幾處即使讀了課本也難以理解，我與一道數學證明題纏鬥二十分鐘之久，小太郎闔起書，然後出聲道：

「我知道那題怎麼解哦。」

「眞的嗎？」

「交給我吧。」

我把筆記本和筆交給小太郎，看著他流暢地解起讓我陷入苦戰的題目。

「爲什麼你知道怎麼解？」

「因爲我半年前就學過啦。」

我研究他的解法，針對不懂的地方提出疑問。我雖然不甘心，覺得就連這傢伙也趕到我前頭，但在指導下逐漸接近答案的過程很有趣，就像在一片漆黑中，有人拉著自己的手，一起走向目的地。我不知道該往哪條路走時，小太郎就會說「往這裡走」，指點我方向。五年前一堆事情都不懂的明明是小太郎，這下立場相反了，我心想。

一回過神，窗外天色已經暗了下來。往來車輛的尾燈在起霧的窗玻璃上映出紅色燈暈，十分美麗。接近晚餐時間，餐廳內的客人開始變多，我也決定差不多該起身離開。我將書本等物收進書包，和小太郎談話。

「今天多虧你教我解題，感激不盡。」

「快點叫我老師。」

「打死我也不叫。」

「妳的書包是百合子給的嗎？」

「這個書包是我自己的，怎麼了嗎？」

「百合子以前沒用過這個書包嗎？」

「我隔了這麼久打開書包一看，發現裡面裝的還是五年前用的習題哦，就是家教用的那一本。啊，眞是的，既然會遇到小太郎，那我應該把那本習題帶過來才對。」

「不用啦，太丟臉了，我一點也不想回憶起那時候的事情。」

「因爲和尙頭的關係？」

「因爲那時候的我簡直不像我自己啦，我記得我淨做些給妳添麻煩的事。」

「你那時候老說惹我生氣的話。」

「那時我喜歡捉弄妳嘛。對當時還是小學生的我來說，妳就像大人一樣，開妳玩笑很有成就感。」

如果我不是在他還是個頂著和尙頭的少年時就認識他，我一定會因爲害羞而無法正常對話。我對男生缺乏免疫力，只知道讀書，根本不曾和男生交談。

「三天前，有女生爲了你打電話給我。」

請妳放開灰谷學長。

知道我的事情也知道小太郎動向的女生，大概在哪邊查到我家電話號碼，然後撥電話給我。我向小太郎說明了她在電話中的話。

「聽了她的說法，我馬上想到她一定就是暗戀你的那個女生。」

「暗戀？我？我眞搞不懂妳爲什麼要開這種玩笑。」

「你在學校應該和別人說過我，然後一定也跟圍棋社的人說過，對不對？」

「這麼一說，我的確和學妹提過妳的事情。」

「就是她！她對你有意思啊！你怎麼沒注意到？」

「那個學妹的確常常找我講話，還常常看著我發呆。不過要說是暗戀我，根本想太多了啦。」

「是嗎？」

「雖然我見過她不知爲何拿著我的照片嘆氣，不過她本人解釋那只是偶然。」

「那是哪門子的偶然啊！絕對很可疑！」

「我在走廊轉角會遇到她說要幫忙拿東西，簡直就像守在那裡等我，不過所謂的學長學妹關係就是這種感覺吧。」

「遲鈍！」

「而且我覺得她討厭我，畢竟她曾經對我惡作劇。」

「是哦？」

「我不在社團教室時，她擅自拿走我的簽字筆，在筆記本上一直畫圈圈。」

「那個叫少女情懷，才不是惡作劇！」

國中時的女性朋友曾經擅自借用喜歡對象的筆，在筆記本上寫名字。對她來說，只要是喜歡對象的東西，即使只是原子筆的墨水也是珍貴的寶物。我雖然不是那種類型，但還是能理解她的少女心思。

「安心啦，其實一半都是開玩笑的。」

小太郎爽朗地笑起來。到底從哪裡開始是玩笑？我被小太郎耍得一愣一愣，但心中卻湧起一股溫柔的情緒。他們現在正在享受熱鬧活潑的高中生活，當年我和朋友在花壇旁背誦詩歌的那個季節，此時輪到他們置身其中，呼吸其中的空氣。雖然我睡過頭了，但他一定還回得去。

「對了，你明天起就別再來我這裡了。」

餐廳內的桌子都已坐滿，門口還有人在排隊。男性店員露出有點傷腦筋的表情看著我們的方向。

「如果你到現在還覺得我溺水陷入昏睡是你的錯，那你已經可以放下了。你這五年都來我家照顧我，以贖罪來說也做得夠多了，任何一個人看了都會這麼說。所以說，該回到你原本的生活了。」

「原本的生活？」

「你應該有自己想做的事吧？」

他搖了搖頭。

「妳根本不懂。我沒有原本的生活可言，一切都在那個時候崩壞了。我總覺得自己還在那處海灣底下，時間從五年前就靜止了。」

我們沉默起身，結帳後走出餐廳。

臨別時，他道：

「我有一件事想和妳坦白：房間沒有別人的時候，我吻了不管怎麼呼喚也沒有反應，宛如人偶般的妳。」

在黑暗的深處中，只有波浪聲安靜地由遠至近湧來。夜晚的大海就像宇宙一般，在遼闊得無法盡收眼底的龐大黑暗中，想必仍然潛藏著無數祕密。我在踏進家門前，眺望著大海好一陣子，反覆咀嚼小太郎對我說的話。

家中傳來嬰兒哭聲，看樣子姊姊今天在家裡。除了住院期間，我從出生以來就一直住在這棟房裡。總有一天，我也會離開這個家，展開自己的生活吧。我腦中模糊地思考著到東京讀大學的事情。

回到家吃過晚餐後，我在客廳用食指玩弄嬰兒的臉頰，想像著這孩子將來長大後，成爲揹負日本未來的上班族，照顧年老的姊姊和姊夫的畫面。小孩很可愛，但我是對戀愛一竅不通的書呆子，根本無法想像和男生在一起。我在心中暗自思忖，自己將來說不定不會結婚也不會生小孩。

「妳和小太郎小倆口吵架了？」

我獨自待在房裡時，姊姊走了進來，懷中還抱著酣睡的嬰兒。姊姊顯然注意到我的樣子不太對勁。

「小倆口吵架的小倆口是擁有戀愛關係的兩人，姊姊應該誤會什麼了。」

「是嗎？」

「我和小太郎是老師和學生，雖然現在他反過來變成我學長就是了。」

「眞複雜。」

「一點也沒錯。」

姊姊在我床邊坐下，手掌撫過床單表面。她的側臉映著暖爐的火焰，染上橘黃。

「姬子晚上都躺在這裡，白天的時候，則由爸爸或小太郎把妳抱到輪椅上坐著。那孩子不想讓妳感到寂寞，一直待在這裡哦。我都有點羨慕妳了。」

應該感到羨慕的人是我，姊姊身旁永遠不缺男生，總是在悠哉地享受人生。

「小太郎對我抱持的感覺才不是那種感情，在我心中的感情也一定是不同的東西。」

嬰兒醒來並開始哭鬧，我也逐漸難過起來。我確實對小太郎抱持著某種情感，但那份情感就是姊姊所說的那種感情嗎？

嬰兒閉緊的眼瞼下滲出透明的水滴，沿著臉頰滑落。

「那一天，我在回家的沿海道路上，也看到了在海灣游泳的小太郎。但我是在很久之後才知道那是小太郎，因爲那時我只看到浮在海上的小小一點。」

「妳分辨不出那是人還是浮木嗎？」

「畢竟距離太遠了。在我搭的那班電車之後，妳搭著下一班電車來了，接下來就發生了那件溺水事件。當電話打來家裡時，我們都嚇壞了。我們一到醫院，就看到那孩子一臉蒼白地站在那裡。他被人從海中救起，還裹著浴巾，原本穿的衣服好像還留在沙灘上。他那個時候個子還小，看上去就像年幼的小孩。據說他被人發現時，是抓著浮木浮在海面。他抓的那截浮木上還有焦痕這件事，妳聽說過嗎？」

我搖了搖頭。

「浮木上有燒焦的痕跡，大家說可能是哪邊的樹遭到雷擊後折斷了。在那件意外不久前，剛好有一天打雷打得很厲害。」

眞是給人造成困擾的雷。姊姊輕輕搖著懷中嬰兒，嬰兒安靜下來。

「小太郎說一切都在那一天崩壞了。姊姊，請妳告訴我，我到底該怎麼做？」

姊姊露出認眞的表情回答。

「見小太郎，對他說『我們結婚吧』。如果錯過他，妳這輩子一定沒望了。」

這個提案當然被否決了。

我和父母說明獨自生活的計畫後，媽媽露出擔憂的表情。

「近一點的補習班不行嗎？」

沒有父母會想讓三個月前還在床上昏睡不起的女兒獨自生活，畢竟身體說不定哪天又會出狀況。從長期昏睡狀態清醒過來的人，多半留有後遺症。以我來說就是仍然無法自由活動的右腳，但這樣已經可被稱爲奇蹟了。

「我想要趁自己的決心還沒動搖前前往東京。而且我已經二十一歲了，應該要自己打工上學，學習如何獨立才行。」

我想要自己決定要上哪所補習班、住在哪一區。父母也以每天打電話聯絡作爲條件，准許我一人生活。

若一路轉乘電車和新幹線，從家裡到東京只要兩小時左右。我在國中時代曾經和朋友們一起到東京玩，不過單獨去倒還是第一次。

順利進行。

我收集了幾所補習班的宣傳手冊。爲了瞭解單人租屋到底要多少錢，我去瞧了瞧車站前的房屋業者張貼的廣告。東京昂貴的房租嚇得我目瞪口呆，擔心自己的計畫到底能不能順利進行。

我的身體雖然已經二十一歲了，但經驗值只有十六年的份量，面對許多事都不知如何應付。無論到哪裡，都覺得自己會因爲年紀還小而被對方趕走。然而我在大家眼中的確是位成人，沒人知道我一度陷入漫長的深眠。我拄著拐杖漫步在東京街頭，感到令人心曠神怡的自由。這個城市擁有各形各色的居民，像我這樣的人或許一點也不足爲奇。

我在大城市特有的大型書店，買了一堆喜歡的作家在這五年間出版的書，然後提著裝滿書的沉重袋子走向車站。我已經和媽媽約好這趟東京行要當天往返。

我吐出白色霧氣，走在人群之中。冬日的天空染上晚霞的色彩，天空高遠澄澈，讓人幾乎感受到天體的圓弧。我停下腳步，想起小太郎的事情。我和他自家庭餐廳的對話以來，已經將近一週沒碰面。

讓我想一想。我回答他。

等妳想好了，告訴我一聲。小太郎說道。

之後，我每天都會想起他的臉。我在每一個念頭突然到訪的瞬間，就會像這樣在街道上停下腳步，腦中浮現他的眼神和動作。我想過這說不定就是那種感情，甚至想要馬上奔向他的所在之處。話雖如此，我無法馬上和他見面。也許他把內疚和責任感，誤認成那種感情了。我不知道到底能不能相信。我無法斷定這並非友情，所以直到我確認自己的心情之前，還是不要和他見面比較好。我仰頭望向都市的天空，大樓頂端的紅色燈光一閃一閃地持續明滅。

隔天夜裡，沿海的鄉鎮降下雪花。我穿上厚重的毛衣，在二樓的房間用功。我在讀書的同時，想像起黑暗中的大海，此時應該正悄無聲息地吸收無窮的漫天白雪。以前這個時間我早已上床就寢，但東京一行激起我讀書的慾望，無論解多少題目都嫌不足。深夜一點，可能是燃料用盡，煤油暖爐的火焰逐漸變小，直至熄滅。

我想起姊姊的房裡還有小型電暖器，由於重量不重，即使是拄著拐杖的我應該也能夠搬運。我從昏睡狀態醒來後，不常進姊姊的房間。那裡自從姊姊結婚搬離之後，就變成了儲物間。

我在尋找電暖器時，一個熟悉的物體映入眼簾。那個東西被扔在架上，上面覆滿灰塵。那是看似鉛筆盒的四角塑膠盒，表面則是亮眼的黃色。上面還連著繩子，方便人掛在脖子上。我沒花多少時間就想起我在哪裡見過這個東西。

「那是我在醫院撿到的，想說應該是小太郎的東西，就順手撿起來，日後還給他，沒想到後來忘得一乾二淨。」

姊姊在深夜仍舊醒著，從電話另一端說明。我在房間找到小太郎的望遠鏡。

「在醫院嗎？」

「嗯，我在醫院撿到的。」

我掀開蓋子，想要升起鏡頭，盒子卻被沙礫之類的東西卡住，無法順利打開。我用筆尖撬開蓋子，鏡頭就隨著撲欶欶落下的沙礫升起，彷彿久閉而僵硬的眼皮終於睜開。

我在三天中想了很多事。

我將望遠鏡按在眼睛上，眺望著遠方，沉浸在令人懷念的回憶。鏡頭的放大倍率雖然只有三倍左右，但剛好拿來觀察在海岸翱翔的海鷗。儘管我努力從腦中揮離關於他的思緒，然而他的面孔仍然不時閃現。姊姊來到我的身邊，詢問在窗邊看海的我為何流淚，但我什麼都沒說。

我和小太郎一直留在一九九七年的海灘上。那個孩子的身體雖然長大了，但一定還留在那片沙灘之上。

4

灰色的烏雲遍布整片天空，我走上海灣的沙灘，用拐杖末端戳戳被海浪拍打上岸的木板，一邊從腦中調閱高中時的記憶。我那時爲了締造無遲到無缺席的偉大紀錄，總是格外留意身體的健康狀況。當時怕得到感冒，我都會把襯衫下襬嚴嚴實實地紮進褲子裡，免得肚子著涼。現在回想起來只覺得好笑，冷得發抖的我忍不住抽動嘴角微笑。

「妳心情不錯，太好了。」

灰谷小太郎不知何時站在稍遠的地方，他的機車停在沿海的道路上，星星點點的腳印則一路從那裡延續到沙灘上。他大概放學後就直奔這裡，身上仍然穿著制服。一身制服的他在海風吹襲下瞇起眼睛。我們並肩走在海灘上。

「半個月沒見了，你有收到巧克力嗎？」

二〇〇三年二月十四日，在世上是贈送巧克力的日子。小太郎想必收到不少巧克力。

「嗯，不過我想應該都是人情巧克力。女生也眞是辛苦，不得不送這些給大家。」

「你收到什麼樣的巧克力？」

「我收到附著手寫信的巧克力，信上寫著類似告白的內容。」

我實在很想問他大腦到底要怎麼運作，才能把那當成人情巧克力。不過算了，我一邊想著，一邊從口袋拿出滋露巧克力。那是我在出門前，在廚房櫥櫃中發現的。

「喏，這個，送你吧。」

小太郎接下價值二十元日幣的小小巧克力，點了點頭。

「這才是眞正的情人節巧克力。」

「哪裡看得出來？」

小太郎嘻嘻一笑，將巧克力收進口袋裡。正當我擔心起巧克力是否會因體溫融化時，他卻一臉想到好主意地向我提議。

「對了，篝火，我們來生篝火吧。」

「來了，這傢伙終於開始說些莫名其妙的事情了……」

「不好意思，姬子，不過我對篝火可是挺講究的。」

我們兩個分頭收集看起來易燃的東西。我們收集被拍打上海岸的木板、路邊的垃圾、從附近樹林撿來的樹枝，把它們放置在沙灘上。我照著對篝火似乎有某種美感要求的小太郎的指示行動。將枯枝堆成一座小山時，我感到不安。

「眞的要做嗎？」

「聽好啦，姬子，我並不是以玩玩的心態點火，而是想讓妳見識眞正的篝火。不過妳先等一下，我買個打火機。」

車站前有一家生意冷清的香菸舖，小太郎買奔向那家店打火機。我一個人坐在沙灘，凝視著拍打沙灘的海浪。看膩後，我用拐杖末端在沙上寫下燃燒反應的化學式，計算1莫耳碳原子和1莫耳氧原子反應產生1莫耳二氧化碳分子時，會釋放出多少熱量。答案是393千焦。

過了一會，上氣不接下氣的小太郎回來了。一身制服大概會讓他買打火機有點麻煩，不過他手中緊緊握著成功買到的打火機。小太郎撕破丟在地上的漫畫並引火點燃。將小小的火種送進枯枝堆後，火苗從小樹枝的末端燃起，然後逐漸竄大。白煙從枯枝堆中裊裊升起。我們抱著嚴肅的心情面對篝火。樹枝燒焦時發出劈啪聲響，我們兩人不發一語，凝視著眼前如蛇信般搖曳扭動的火舌。

燃燒是伴隨著發熱與發光的氧化反應。藉由碳與氧相遇結合，產生出火紅的光芒。我看向小太郎的側臉，他還在凝望著火焰。我雖然對戀愛一竅不通，但對戀情與愛情仍然有所概念。就像身體從一樓走到二樓的過程中會逐漸發熱一樣，我的心也散發著熱度，從目前的位置往上升入寬廣的愛情領域。

「那個時候我不肯上學，打從心底討厭讀書，結果現在竟然認眞讀高中，感覺眞是不可思議。」

「你後來爲什麼開始認眞讀書？」

「如果妳醒來的時候，我還是一團糟的話，會讓妳很失望吧。而且我打著這次輪到我來教妳功課的主意，所以從那次意外之後，我從未向學校請假。」

「就算老師很討厭，你還是忍耐著去上學？」

小太郎用樹枝戳弄篝火，篝火的火舌舔舐上樹枝，而我們只是靜靜地注視著這一幕。篝火中發出樹枝燒焦的劈啪聲響，火星飛揚迸濺。

「我記得你的級任導師是叫井原？」

「嗯，小學五年級的時候。我在午休模仿那傢伙的樣子，搞笑給朋友看。結果被那傢伙抓到，之後他就一直針對我。他不管誰打掃偷懶，明明自己沒來親眼確認，就會一口咬定是我在玩，然後開始發飆。他老是張大眼睛盯著我有沒有幹壞事。數學小考時，井原在考前說如果沒考到五十分以上，放學後就要留下來課後輔導。我想和大家去玩，所以考試的時候很努力，結果還是考了個四十七分。但是我一看發回來的考卷，覺得有點不對勁。我明明答對的題目，卻被改成錯誤的答案，打了個大叉叉。我去跟井原說，這題我明明寫了正確答案，不過他根本不甩我。我看著他的眼睛，恍然大悟。我的答案被人改過，他改了我的答案，爲的就是讓我參加課後輔導。這作法根本是犯規，就算再討厭我，這種行爲也絕對不可原諒。大人竟然會幹這種卑鄙事，簡直讓人難以置信。我向其他老師或是爸媽講這件事，但沒人願意相信我。早知道不要模仿他搞笑就好了，可是和他做的事情相比，我做的根本微不足道。升上六年級，照理來說就能夠擺脫那傢伙了，沒想到我六年級的級任導師還是他，糟透了。所以我從六年級的春天就不去學校。那時候我對大人根本厭惡透頂。」

小太郎用手中的樹枝撥弄篝火的內部。

「那時，妳在我眼中也是個大人。我擔心妳看起來雖然人很好，但要是內心和井原一樣覺得我惹人厭，那該怎麼辦？當時的我搞不清楚自己到底能不能相信妳。」

「所以你才測試我。」

我們兩人的影子在火光的搖曳下顫動。我從口袋中拿出望遠鏡。

「這是在姊姊的房間裡找到的。」

「我還以爲我搞丟了，原來是百合子拿著啊。」

「她在醫院撿起這個後一直忘了還，然後就這麼擱下了。你最後一次用這個，應該是在這個海灣吧。望遠鏡裡面還卡著星星形狀的沙礫，那是只有這帶海灣才有的有孔蟲骨骸。」

「嗯，我最後一次用望遠鏡，是在這個海灣沒錯。」

「而且你使用望遠鏡的時候，人並不在沙灘上，而是將望遠鏡掛在脖子上，在海灣中央踩著水。」

「妳爲什麼這麼認爲？」

「我設想了那一天急救員把我和你送上救護車的情景。那時場面一定一陣忙亂，所以小太郎脫下的衣服就那樣忘在沙灘上，在醫院只好裹著一條浴巾。這些是姊姊告訴我的。但這麼一來，你只帶著望遠鏡到醫院來這點就會很奇怪，所以我才推測望遠鏡一定是掛在你的脖子上。」

望遠鏡上繫著繩子，以便掛在脖子上。小太郎當時就是把望遠鏡掛在脖子上游泳。

小太郎接過望遠鏡，緊緊地握著它。

「妳的推測完全正確。我想，妳應該察覺到眞相了。」

我點點頭。五年前，小太郎在海灣中央溺水了，但那其實是假的，小太郎只是裝出溺水的樣子而已。

小太郎邁步朝海浪拍打處走去，我也跟在他的腳步後。海浪湧起，旋又退去，重複著永無止盡的規律運動。遠離篝火之後，迎來寒冷的世界。是浮木？還是人？五年前我們在這個地方，發現了在海灣中央載浮載沉的物體。小太郎說那是人，而我主張那是浮木。由於距離太遠，我們不得而知答案究竟是前者還是後者。

「那時我們前一天才吵過架，所以我對妳難以信任，想要透過實驗證明妳看到我溺水，一定會逃走拋下我不管。」

「你從海灣中央看向海灘的話，看得到海灘上的人的長相嗎？」

「完全看不清楚，畢竟是連浮木和人都分不清楚的距離。所以那天我就帶著這來了。」

小太郎低頭看向望遠鏡。波浪從灰色的海上伸出手臂，打濕了他的鞋子。遠處傳來電車的聲音，只有一節車廂、像是巴士的電車從遠方駛過。

「那一天，只要電車一進站，我就走進海裡，朝海灣中央移動，在海中踩水等著妳經過；沒人下車的話，我就再回到海灘上。像這樣的動作我重複了好多次。沒什麼人會走那條路，即使遠遠看過去也能分辨出制服。我打算妳一來，就馬上裝出溺水的樣子，只是有一點我不得不注意。」

五年前發生意外的那一天，姊姊替我提著新的棕色書包回家。我最近打開書包一看，發現裡面裝的東西都原封不動。既然書包在五年間不曾使用，姊姊提著那個書包在外面走，就只有意外發生的那一天而已。

前些日子，小太郎在家庭餐廳看到我的棕色書包時，問我書包是不是姊姊給的，代表他看過意外當天的姊姊。從哪裡？是從海灣的中央。姊姊說過她經過時看到小太郎在海中游泳。

小太郎用望遠鏡確認路過的姊姊身影，爲什麼他必須這麼做呢？

「你不能搞錯出聲求救的對象。」

「畢竟妳和百合子的外表很像，制服也一樣。」

浮木還是人類？妹妹還是姊姊？

在海灣中央的小太郎高喊「老師救命」的對象必須是我，而不是姊姊。

「我明明盤算著妳一旦拋下我逃走，我就拿這件事嘲笑妳，讓妳抬不起頭。現在一回想起當時，我的腦袋就像是要發瘋了。妳衝進海裡游過來時，我心想糟了。我想告訴妳我只是假裝溺水，趕快回岸上，但妳完全沒聽到。」

「我成功游到你身邊卻用盡力氣，自己反而溺水了。我以爲你緊緊抓著我是爲了求救，但其實我搞錯了，你是試著拉起下沉的我。我那時甚至沒注意到你脖子掛著望遠鏡。」

「急救員趕到現場，緊急幫妳人工呼吸。大家的表情都很嚇人，我怕得不得了，什麼都說不出口。在這五年之間，我一直沒說出來。我的腦袋簡直要爆炸了，不論在哪裡都無法安心，每當有人找我搭話時就會心驚膽顫。妳們家人的人生，有一半都是毀在我的手上。」

小太郎一步步踏進拍打著海灘的蕩漾浪花，我也走到他身邊站著。膝蓋一帶感受得到水面隨著海浪的搖盪上下起伏。小太郎望著海平線，露出疲憊的側臉。因爲內心不斷耗損，他的少年時代早已結束了。

「結果我並沒死，所以你沒害死任何人。讓我們回到篝火旁吧，這邊好冷，而且總覺得令人感到寂寞。」

我伸手拉住小太郎的手臂。

「說不定妳會持續昏睡，就這樣變成老奶奶，然後死去。即使如此，我還是想要每天前往那個家，陪伴妳到最後。」

回頭望向沙灘，火焰依然燃燒，彷彿將某種東西送上天空的儀式。

「我相信贖罪的意識和良心的苛責一定有影響，但我清楚明白，我的胸中還抱著截然不同的情感。那就像拷問一樣，讓我快瘋了。和那相比，贖罪的意識還有良心的苛責之類的，簡直微不足道。那份感情更讓我難以呼吸，既像是悲傷，又像是痛苦。所以我每天都坐在妳身旁，呼喚妳的名字。我聽著海潮聲，在那個安靜的房間中，呼喚妳的名字。等妳醒來之後，我想告訴妳：對不起，老師。對不起，姬子。我竟然想要測試妳。我明明不需要做這種事，也清楚知道答案是什麼。」

那個時候，小太郎發現了在海面載浮載沉的黑色漂流物。小太郎堅持那是人，我主張那是浮木。一直沉睡的我一定也處在無法區別的狀態。我能夠睜開眼睛，是因爲他不斷呼喚我的名字。

我們回到篝火旁，倚靠著彼此的肩膀取暖。我明明打定主意不要出醜，結果卻還是吸著鼻子，伸手擦去臉上的淚水。

海鷗劃過海灣上空，牠們迎風展翅，一路飛揚向高遠的天空。

二〇〇三年三月底。

一路從校門綿延到校舍的櫻樹幾近滿開，我以前就讀的高中正值春假，路上沒見到幾個學生。

我來到事務室，裡面的女性職員正在看電視。新聞節目上播報著空襲的新聞。一直處於休學狀態的我終於提出退學申請。從音樂教室的方向傳來管樂器調音聲。管樂器的英文是「a wind instrument」，也就是風的樂器。

我晃到圍棋教室一看，發現小太郎盤著雙手盯著棋盤。和他對弈的是個學長，似乎是圍棋社社長。我站在一旁觀戰，不過幾個走進教室的女性社員直直地盯著我，讓我有點不自在。

「搬家的準備工作結束了嗎？」

「我回去後還得趕緊收拾呢。作爲紀念，我想進學校裡面瞧瞧，可以嗎？」

「低調一點的話應該沒問題。」

我和小太郎走出社團教室，偷偷溜進學校。

在走廊上傾耳聆聽，聽得見嘈雜的人聲和腳步聲。我也到自己以前的教室看了看。第三學期結束後的教室收拾得乾乾淨淨，顯得冷清。

一打開窗戶，窗外的風便湧了進來，吹動窗簾。哨聲從窗外傳來，應該是田徑社在操場練習。「我馬上就過去找妳」，或是「知道了，我等你」，我和小太郎進行宛如戀人的對話。將來一定還會發生各式各樣的事情，我在心中暗想。「不過我們一定沒問題。」我對小太郎這麼說。「因爲我沒拋棄你，你也沒拋棄我，所以我們一定沒問題的。」我們互相頷首。小太郎回到圍棋社的社團教室，我也爲了準備搬家而走出學校。

一九九七年的夏天，我們是老師和學生。

吵架之後，兩人滿身大汗地走過沿海道路。

小太郎頂著不爽的表情，而我自己大概也一臉不悅。

那是非常遙遠、很久以前的事情了。

我拄著拐杖走向校門。從音樂教室的方向傳來管樂器的演奏樂音，那是會在畢業典禮上演奏的熟悉曲子。漫長的調音似乎終於結束了。我停下腳步，傾耳聆聽。

輕風揚起，拂動我的瀏海。風和我的呼吸疊合交融。我不曾再次夢見沉入海灣的夢。

高麗菜田裡他的聲音

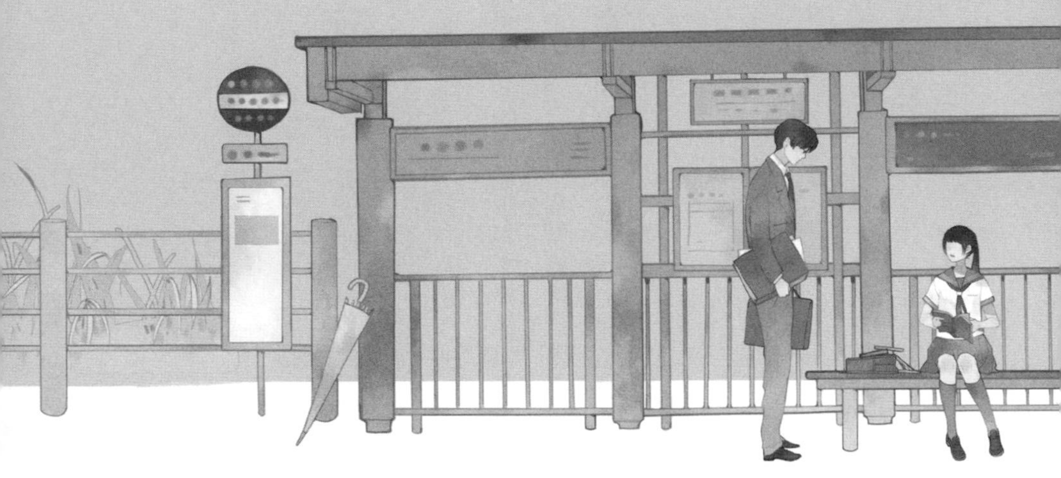

1

國文課上，本田老師介紹一本名爲《初戀》的俄國小說。老師說他在和我們年紀相仿的時候讀了這本小說，了解到小說的樂趣。

本田老師是去年到我們高中任教的國文老師。他是一位二十六歲的年輕男性，這是他當上教師的第三年。他在女生之間非常受歡迎，特別是他戴的黑框眼鏡，更是大家公認的魅力之處。老師的眼鏡簡直就像從出生時就戴在臉上似地適合他。周圍總被想要向老師搭話的學生包圍，我只能從遠處眺望這副景象。我和老師之間的互動就只有上課點名時，老師喊到我的名字，而我應聲答有。

「小林久里子。」

「在。」

老師的聲音清亮，就像劃過藍天的飛機雲。

每天中午，老師都在教職員辦公室，享用不知道誰做的可愛便當。據說白飯上鋪滿肉鬆。其他班的女生討論時，說到老師和戀人應該已經論及婚嫁，眞是令人遺憾的消息。

我沒參加任何社團活動，放學後非常悠哉。我有時會和同樣沒參加社團的人一起聊天回家，不過那天直奔車站前的書店買一本叫做《初戀》的書。我請店員幫我在文庫本外加上書套，同時確認一下錢包，暗想打工要好好加油了。

我緊握著店員遞回給我的文庫本，思考還有沒有其他要買的書，回想老師是否提過其他書名。

我在新書區前停下腳步。全白封面的書陳列在架上，顯得格外顯眼。

《音樂館殺人事件》　作者・北川誠二

書腰上印著我喜歡的書評家評論：「本年度最棒的推理小說！」現在還是夏天，就說本年度最棒不會太早嗎？我在心中暗自吐槽。不過這點姑且不論，我到目前爲止還不曾碰過這個類別的書。我掃過書腰上的故事大綱，內容似乎是一棟名爲音樂館的宅邸，在某個大雪夜發生了密室殺人事件，偶然也在現場的教師主角就這樣被捲入事件中。

我對這本書抱持興趣的時間只有短短一瞬，我轉頭瀏覽其他書的內容，這本書就被我拋到腦後了。

最後我只買了一本文庫本就走出書店。燦爛的陽光讓車站前亮得發白，天橋和樹葉的陰影落在地面。女性撐著陽傘，男性拿出手帕拭汗。我在刺眼的陽光下瞇起眼睛，踏上回家的路。

在這個格外炎熱的夏日，我第一次知道北川誠二這個名字。不久的未來，我就與這名推理作家展開交流，甚至被邀請參加婚禮。人生眞是令人費解。

進入暑假，我過著一邊吃媽媽切的西瓜，一邊看電視度日的生活。我看著電視上天氣預報的颱風新聞，或是高中的棒球少年們擊出好球的轉播畫面。高聳的積雨雲飄在空中，窗外不時響起蟬鳴。我雖然很想就一直遊手好閒下去，但偶爾還是要回房間努力打工。

介紹「謄打逐字稿」這份工作給我的，是在東京出版社工作的叔叔。叔叔擔當雙週刊電視雜誌的編輯。雜誌上刊載兩週份的節目表，以及即將上映的電影情報，是非常常見的情報雜誌。雜誌每一期都會刊載許多訪談文章和對談報導，而這一部分不可或缺的就是「謄打逐字稿」的工作。

爲了將訪談時的錄音檔整理成報導，必須先將內容全部聽打成文字檔，輸進電腦裡面。這個過程必須反覆播放錄音帶，聆聽對話，敲打鍵盤地輸入每一個字。雖然也有專門處理逐字稿的公司，但大多數的雜誌編輯部都由編輯或記者本人進行這項工作。

我和媽媽談話時提及想找份打工，叔叔聽說後就交給我好幾卷錄音帶。錄音帶裡錄有未曾謀面的編輯或記者，試著與訪談對象展開問答的過程。我一聽說只要將他們的對話謄成文字檔就可以賺到數萬圓，馬上點頭接下這份打工。

我在暑假中完成好幾捲錄音帶的逐字稿。接下來只要將完成的逐字稿附在電子郵件中寄給叔叔，工作就算結束了。能夠不和任何人見面地待在家裡工作，實在讓我感激不盡。

暑假後半段的某一天，叔叔又寄來新的工作。寄來的信封裡裝著錄音帶和信件。

久里子小姐：

不知道妳看過北川誠二老師在敝誌連載的隨筆專欄了嗎？每期的專欄內容是作家北川老師對不同主題所寫的心得隨筆。敝社主編是他的小說狂熱支持者，這個專欄便是在我們主編的萬般請求下，請北川老師接下的企劃。由於北川老師相當忙碌，所以內容並非由老師親筆撰寫，而由記者進行訪談，再整理成隨筆風格的文章。希望這個專欄的錄音帶今後都由妳來謄打逐字稿。順帶一提，「呃」或「嗯……」之類沒有意義的詞語不需要謄打出來。

叔叔的信中還寫著對逐字稿表現的誇讚，以及詢問匯款帳戶等聯絡事項。我盯著信紙，思索北川誠二這個似曾相識的名字究竟是誰。我抽出雜誌，翻開連載的隨筆專欄。

塞滿藝人或電影評論家等各式各樣隨筆的那頁上，也印著北川誠二的名字。頁面一角刊載出他的簡介，在最新著作那一項列著《音樂館殺人事件》。我回想起北川誠二就是我在暑假開始前，在書店看到的那本新書作者，但除此之外毫無其他資訊。

吃過晚餐後，我決定馬上著手謄打北川誠二的逐字稿。只有一捲長度九十分鐘的錄音帶，努力一點應該就能在一個晚上完成。

我打開房間窗戶，留下一層紗窗，夏夜的沁涼空氣立刻湧進房內。我家隔壁就是田地，更遠處則是一排塑膠布溫室。每年一到春天，田地裡就會種滿一片高麗菜，田間可以看到紋白蝶飛舞。我開了電扇，打開生日時爸媽買給我的電腦。戴上耳機，按下錄音帶之後，就聽見對話內容的錄音。

「……那麼，呃，接下來就正式開始了。這次也請多多指教。」

「請多多指教。」

錄音帶錄下了兩個聲音。一邊是編輯部的人，另一邊應該就是北川誠二。隨筆專欄似乎沒有特定主題，兩人開始談起最近的趣事。

「咦?北川老師，您換手機了嗎?」

「嗯，換成ＰＨＳ了。」

耳機中傳來有人拿起擱在桌上的ＰＨＳ聲。

「這麼說來，不知道您知不知道一般手機和PHS的差別？據說手機是從汽車電話進化而來，而PHS則從無線電話子機進化而來。」

「哦！聽起來滿有趣，這次的隨筆內容就用這個好了。」

我停下錄音檔，緩緩地深呼吸。電腦螢幕上一個字也沒有，因爲我完全忘了工作，顧著聽北川誠二這位作家的聲音。

那個聲音清亮澄澈，就像飛機雲一樣。這應該是某種誤會吧？應該只是聲音相似的別人吧？我懷抱著這樣的想法，再次按下錄音帶聽了一會，卻讓我更加堅定心中的猜測。我抬頭望向塞在書架中，屠格涅夫所寫的《初戀》。

第二學期開始了，但我們學生的腦袋中仍然籠罩著暑假的餘韻。即使已經進入九月，太陽仍舊毫不留情地曝晒著地面。我把墊板拿來當扇子搧風，但運動手臂消耗卡路里的行爲，反而讓身體變得更熱。我們學校的教室沒裝空調，一到夏天就悶熱難耐。

二十六歲的男性國文老師悄無聲息地靠近無力倒在桌上的男同學，在他的耳邊發出宏亮的聲音。

「起床！」

男同學哇地一聲跳起，周圍的人都吃吃笑了起來。這堂課是睽違一個半月的國文課，本田老師和我一樣晒黑了。老師回到黑板前面，手中的粉筆在黑板上發出輕微清脆的聲響，寫下課本中的一段課文。

「這段話究竟表現出登場人物的什麼心情呢……」

大家用紅筆抄下老師用黃色粉筆寫下的部分。我撐著臉頰，閉上眼睛，入迷地聽著老師的聲音。這個聲音和錄音帶中錄下的小說家聲音完全相同，但我並沒有老師就是北川誠二的證據。

我應該在下課後找老師，問他「真相如何」嗎？我一直在意著這件事，根本無法專心上課。但下課後，大群女生包圍住準備離開的老師，我只好放棄。

不論是隔天下課之後，還是在沒有國文課的日子，與老師在走廊上擦身而過時，本田老師的身邊永遠有其他學生。

我放棄直接詢問老師的念頭，轉而向擔任編輯的叔叔詢問。

請問北川誠二先生的正職是高中的國文老師嗎？

我在寄送逐字稿檔案的電子郵件中，一併加上這個問題。

叔叔的回信如下。

久里子小姐：

立場上，我不能透露任何事情。

對不起……

我試著在網路上搜尋相關資料，發現北川誠二是以覆面作家的身分出道，他的長相不曾出現在任何媒體上。書評家對他的作品大多予以好評，但作品知名度偏低。他的出版作品分別爲出道作《影子作家》、第二部作品《覆面作家的孤獨》，以及最新作品《音樂館殺人事件》等三部小說。

這些作品是一系列的故事，登場的主角都是同一人。

我在書店買了《影子作家》試著讀讀看。小說的內頁上表示出版時間是四年前，那時我十三歲，老師二十二歲。這是我第一次接觸推理小說這個類別，結果非常有趣。小說內容是說一位有名的推理作家其實是找寫手代筆，在遭到寫手的威脅後，不得不殺了寫手。故事情節峰迴路轉，我忍不住一口氣看完。如果這本小說是本田老師寫的，我會對老師肅然起敬。順帶一提，小說中提到主角職業是高中的國文老師，還常戴著黑框眼鏡。

黑框眼鏡！那不是和本田老師的眼鏡一模一樣嗎！

無法向老師確認眞相的日子日復一日，到了九月中旬，本田老師出了一項作業。作業題目是針對國文課本中的小說，在筆記本寫下自己的想法並提交。我在自己的房間猶豫了好幾個小時，最後在作業的最後多加了一段話。

我讀了北川誠二的書。

那本小說是本田老師寫的嗎？

國文課上，後排的同學收齊作業交給老師，堆成一疊的筆記本被老師帶回辦公室，那天什麼事也沒發生地結束了。

隔天，我被本田老師叫到辦公室。

2

放學後的辦公室還有好幾位老師穿梭在辦公桌的走道間。操場傳來運動社團喊口號的聲音。本田老師桌上放著嶄新的手機，不過仔細一看會發現那是ＰＨＳ。

「我說溜了什麼嗎？」

「沒有。」

「妳怎麼察覺到的？」

老師坐著的椅子發出嘎吱聲。這是我第一次和老師談話，也是第一次和老師一對一對話。因爲太過緊張，我根本沒辦法直視老師的眼睛。

「那本書果然是老師……」

「……妳可以這麼想。」

老師一臉難以啓齒地回答。

「唉——唉，眞是傷腦筋啊……」

他把兩手背到腦後，伸直背脊，露出宛如惡作劇被人抓到的表情。二十六歲的本田老師還年輕得像個大學生，與其說是老師，更像親戚的大哥哥。眼前這個人所寫的小說被出版成書，還陳列在書店架上。這是我第一次親眼見到小說家。

「我覺得故事很有趣。」

「妳讀了嗎？」

「我讀了出道作的……」

「《影子作家》？」

「對，就是那本。」

膽怯的我不知不覺緊緊抓著裙子。

「妳對那個結局有什麼看法？」

「我覺得充滿幻想色彩。主角是國文教師、同時也是犯人的小說家，原來小說本身就是他虛構出來的世界……」

走廊傳來吵鬧的聲音，似乎是幾名男生在打鬧。教務主任拉開辦公室的門，探出頭斥喝那些學生。我和本田老師同時朝那邊瞥一眼，然後對上彼此視線。

「老師是以自己爲模特兒嗎？」

「畢竟主角是國文老師嘛。」

「主角在很多地方感覺都跟老師很像。」

老師扒梳頭髮，推了推眼鏡。這是他上課點人回答問題時的習慣動作。老師一這麼做，大家就會低下頭，避免和老師對上視線。

「妳到底怎麼發現那本書的作者就是我？」

「這是祕密。」

「別這麼小氣嘛。」

「女學生有很多事不能輕易爲外人道的。」

老師嘆了口氣。

「那關於這件事，妳能保守祕密，連要好朋友都閉口不說嗎？」

「沒問題。」

從那之後，當國文課老師走進教室時，或是走廊上我們擦肩而過的時候，我和老師會眼神交會。我會不讓其他同學察覺地微微點頭，表示「我沒向任何人說」。老師在課堂上說起題外話時，提及手機和ＰＨＳ的差異，我不由得覺得有點好笑。

一開始的時候，共享祕密的感覺的確讓人覺得很好玩，但之後卻逐漸轉變成內疚。我偶然得知老師的副業，自己卻像在利用這一點，藉機接近老師，讓我覺得非常慚愧。不過，除了被叫到辦公室那次，我們再也沒單獨講過話，當然也沒變親密的機會，或許我沒必要這麼在意。

我幫忙謄打逐字稿的雜誌發售了，陳列在書店架上。北川誠二的隨筆也刊載在頁面角落，上面是編輯將我謄打的逐字稿精簡過的內容。自己說出的話被印成鉛字，到底是怎樣的感覺呢？我買下雜誌，特意剪下老師的隨筆作為收藏。

夏天結束後，天氣變得涼爽。樹葉逐漸染上紅色，便利商店開始推出秋季限定的甜點，例如栗子、番薯、南瓜等口味的商品。每當我品嚐這些甜點，心中就會湧起還是秋天最好的想法。

第二學期期中考逼近眼前時，我已經讀完老師的所有作品。第二部作品《覆面作家的孤獨》是一本厚得像磚塊的書。內容描寫在第一部作品登場的主角國文教師，在以覆面作家的身分活動時，現實和夢境的界線逐漸模糊。就在此時，發生了密室殺人事件和分屍殺人事件，主角開始煩惱自己是否就是兇手。故事高潮迭起，讓人連喘口氣的時間也沒有，只能因在意劇情發展，而不停翻開下一頁。

期中考期間，負責監考的本田老師來到我們班上。在大家不發一語地振筆疾書的教室之中，老師站在窗邊，不時望向秋天的天空。由於我完全不知道答案，寫到一半我就停下筆，轉而呆望著老師，猜想老師是不是正在構想新的小說大綱。

我們高中的學園祭是在十月前半舉行。我和朋友一起在放學後留下來，爲章魚燒店的招牌上色。班會時，大家決定改造教室，販賣章魚燒。我拿著紅色油漆爲章魚腳上色，卻發現章魚竟然有十隻腳。哎算了，我聳聳肩，決定不在意。

學園祭當天，我在布置著各種裝飾的校園中隨便亂逛，瀏覽了攝影社和美術社的展覽。校門到校舍的主要大道兩旁排滿路邊攤，從窗邊就能夠看見蜂擁的人潮。我和認識的人隨意交談幾句，正打算溜到哪邊休息，就在走廊轉角遇到本田老師。

「要吃嗎？」

「老師不吃嗎？」

「我是被強迫推銷的。」

「老師深受大家愛戴呢。」

「那可眞是感激不盡。」

老師遞出的透明塑膠盒用橡皮筋捆起，裡面裝著炒麵。

我們在樓梯間隔著一張課桌坐下。這是我的祕密場所。我們學校封鎖了通往頂樓的門，以免大家隨意進出頂樓。這樣一來，從四樓通往頂樓的樓梯存在意義變得薄弱，而成爲類似倉庫的地方，多餘的桌椅都被堆在這個樓梯間裡。這些桌椅布滿灰塵，不過我有天偷偷用抹布，將一部分桌椅擦乾淨。午休若想要一個人待著，我就會跑到這裡來小睡。

學園祭的喧鬧聲變得幾不可聞，樓梯間安靜得就像是和熱鬧的學校隔離了一樣。

「這個很好吃哦。」

我一次夾起兩三根麵條，將炒麵送進嘴裡。炒麵翻炒得不夠均勻，導致醬多和醬少的部分差很多，但還是很好吃。

正當我用免洗筷夾起幾根麵條入口，老師開口。

「爲什麼妳一次只夾一點點？」

「我不這樣就沒辦法順利吃麵。」

「世界上眞是什麼人都有。」

「還比不上老師就是了。」

我們兩人雖然隔著一張課桌而坐，但並不是面對面坐下，而是像新幹線的座位一樣面朝相同方向。老師的右肘擱在桌面上，翹著二郎腿。光線從牆壁上的小窗照進，落在老師的肩膀上。

「小林同學的國文成績還挺不錯嘛。」

「應該是因爲有好老師吧。」

「從學生的角度來看，我是個怎麼樣的老師？」

「很受歡迎的老師啊，這不是理所當然的嗎？」

也許是學園祭的特別氣氛化解了我的緊張，如果是平時的自己，在老師面前大啖炒麵根本是難以想像的大膽行爲。

學生興奮的話聲傳來，走廊上的動靜一度讓我緊張一下，擔心他們靠近樓梯間。

「老師從幾歲開始寫小說？」

「……嗯，到底從幾歲呢。」

老師拿下黑框眼鏡，一臉疲憊地伸了懶腰，然後就那樣趴在桌子上。

「老師，你還好嗎？」

「讓我休息一下。」

「要我幫你買茶嗎？」

「不用，沒關係。」

「你身體不舒服嗎？」

「我只是因爲雙重生活而感到疲倦。」

「畢竟感覺像是在欺瞞學校所有人嘛。」

「對，欺瞞，我就是在欺瞞。」

老師維持趴在桌上的姿勢，模糊不清地低語。

作家眞是辛苦啊，我暗自心想。

「我還是買茶來吧。」

我起身走下樓梯，和幾名學生錯身而過。我從賣巧克力香蕉和可麗餅的教室前面走過，找到在保溫箱中加入冰水、販賣寶特瓶裝的茶和果汁的班級。

我買了茶，回到樓梯間，結果本田老師已經不在了。大概是有人找他之類的，讓他不得不走吧。還沒吃完的炒麵仍留在桌子上。

隔天學校放假，但是相對地，大家必須爲學園祭收拾善後。我們拆掉教室的裝飾，用掃把清理撒了一地的海苔粉及柴魚片。已經用不上的招牌則被敲碎，由我和朋友兩人搬去焚化爐。我們懷裡抱著支離破碎的招牌碎片，走下階梯。我們步出校舍，走近校舍後方的時候，朋友突然停下腳步，偷偷摸摸地躲進校舍陰影。當我思考這是什麼情況的時候，朋友一臉興奮地朝我招手。

「久里子，快來！」

我留意不要讓懷中的碎片落地地朝她跑去。朋友從校舍的陰影窺看著停車場，她的視線前方則是本田老師。本田老師站在車旁和貌似大學生的女性談話。她是個美人，有著溫婉的長相。

我和朋友吞了口口水，從遠處望著兩人。從我們所在的位置到停車場有段距離，中間種著不少顆楓樹。在舞落的紅葉後，本田老師和那名女性親密地有說有笑。

過一會，那名女性坐進車內，往校門方向開走。老師目送車子離去後，跟著離開停車場。我和朋友立刻吐出一口氣。

「剛才的人一定是老師的女朋友。」

露出好奇神情的朋友邁開腳步，一邊下結論。我準備開口回應，懷中抱著的部分招牌碎片卻掉到地上。我試著在不弄掉其他碎片的情況下，撿起那幾塊碎片，卻一直難以成功。最後我一怒之下，用腳尖把那些碎片踢得遠遠，朋友吃驚地瞪圓了雙眼。

3

我很清楚這份心情不能夠說出口。不只許多事情會改變，傳達這份心情之後，不管回答如何，兩人之間的關係也無法回到從前的樣子。

維持現狀才是正確的選擇。

我打開窗戶深吸一口氣，將冬天的寒冷空氣吸進肺裡，讓心情重新開機。從房間透出的光線，朦朧地照在隔壁的田地上。田地裡整齊地排列著高麗菜的菜苗。現在還小的翠綠菜葉即使淋上醬汁，大概也填不飽肚子。我在謄打逐字稿的途中，覺得房間中的空氣有點悶，所以打開窗戶透氣。

我每個月接下大約三卷錄音帶的逐字稿。其中一捲是北川誠二的隨筆訪談，每次的訪談內容，能夠擠成兩期份量的隨筆。除此之外的錄音帶則每個月都不一樣。如果能接到藝人的訪談錄音帶，應該會很有趣，但我幾乎不曾接到這類工作。錄音帶的內容大多是腦外科醫生的課程內容，或是思想家之間的對談。只要錄音帶中提到不熟悉的詞彙，我就得用網路搜尋。談話內容太過艱澀，難以判讀前後文脈的情形也所在多有，我時常擔心自己謄打出來的逐字稿是否正確。而謄寫講話含混不清，或是說話速度很快的逐字稿很難，但北川誠二的聲音非常清楚，在我聽來十分親切。他的聲音雖然表面柔軟，但內裏澄澈清亮，宛如義大利麵的口感。

我嘆口氣地想著我肚子餓了，接著關上窗戶。我回到電腦前面戴上耳機，繼續將錄音帶中本田老師的聲音謄打成逐字稿。

老師說話，我就敲下鍵盤，文字顯示在螢幕上。我像在配合節奏般，拔出深埋在地下的胡蘿蔔和白蘿蔔。我收割老師的每個詞彙，逐一陳列在電腦畫面上，心情十分愉快。

這次老師在訪談中進行的對話，是以「最近看過的電影是什麼」爲內容。老師回答了《德州電鋸殺人狂》這部電影。根據老師的說法，這部電影可說是恐怖電影的經典，內容是戴著面具的魁梧男人揮舞著電鋸四處殺人。兩人關於電影的對話大致上告一段落後，剩下老師和編輯之間的隨意閒聊。叔叔曾經講過閒談部分不用謄打成逐字稿，所以我停止打字，聽著錄音帶後續的內容。

「我認識的人中，有個讀過我作品的女生。」

我嚇了一跳。老師還沒注意到謄打這份錄音帶的人就是我。

「她幾歲呢？」

「十七歲。」

「您問過她的感想嗎？」

「她好像覺得作品還算有趣。」

在那之後，編輯停止了錄音，對話就這樣斷掉了。雖然僅是短短的一段對話，卻足以讓我心跳加快。聽兩人的閒聊，感覺就像在偷聽，令人心生愧疚。拷貝必須歸還的錄音帶是絕對不被允許的事情，因爲有所謂的保密義務。不過當然，我這次也拷貝了錄音帶。

我現在每次去書店，都會確認有沒有北川誠二的書。我有一次看到老師的小說旁，立著書店店員用色筆寫下的ＰＯＰ字體「令人驚嘆的傑作！」，不由得開心起來。能夠透過文章撼動人心，正是老師的厲害之處。幾乎所有讀者都不知道北川誠二是高中老師，我們高中所有學生也都不知道本田老師是作家。老師也許並不是我能夠隨意親近的對象，我落寞地想到。

期末考舉行在聖誕節將近的時刻，到考試最後一天，我被一個男生告白了。他是我國中時的同學，我們曾在同一小組進行化學實驗。所有學科的考試結束後，我抱著解脫的心情整理東西，準備回家。踏出走廊時，就被男生叫住。我們一起走到連接體育館和校舍的走廊，接著他就向我表白他的心意。

連接走廊上鋪著竹板，每當學生通過就會發出聲響。我們吐出的氣息在空氣中轉白，消散在風中。我並不討厭那個男生，但還是拒絕了他。

妳是有喜歡的人嗎？他問我。我點了點頭。

灰色烏雲遮住了太陽，不知是否因爲如此，溫度驟然變冷。我即使穿著厚重的外套，身體還是凍僵了。他轉身離去，剩我一個人，然後我走向四樓的樓梯間。

因爲沒有暖爐用品，我幾乎不會在冬天來這裡，但眼下想找地方一人獨處。我想起曾是同學的他，胸口就湧起一股難過的心情。他要說出那句話，究竟需要多少勇氣呢。

我坐在樓梯間的椅子上，趴上桌子，桌面的冰冷溫度立刻滲進手臂。我閉上眼睛，想著高麗菜田。

我從小就在隔壁的田地裡種高麗菜。沒事的時候，經常跑進高麗菜田裡，追著飛舞的紋白蝶玩。陽光非常溫暖，世界充滿各種不可思議的事情，每天的生活都和社會毫無瓜葛。我沒有任何不安，天天都過得很幸福，一點也不會像現在這樣難過。在田地中整齊排列的翠綠圓點，就只是單純的高麗菜，除了形狀渾圓以外毫無其他才能。它們可愛得無以復加，有時會毫無抵抗地被毛毛蟲咬幾口，沒有任何值得一提的特色，不管過多久都只是顆高麗菜。我想要一直待在那個地方。如果我能夠永遠追逐著紋白蝶就好了，身體卻在不知不覺間長大，變得常常跌入消沉的情緒。

我幻想著在高麗菜田玩耍的自己，卻聽見本田老師的聲音。我心想這一定是幻聽，於是嘟噥著「請不要管我」。

「妳在說什麼傻話，這樣會感冒哦。」

老師的聲音響起，幻想中的高麗菜田地開始搖晃。我吃驚地抬頭，本田老師就站在桌子對面，鏡片後方的眼神透著傻眼的意味。

老師伸出手，搖晃我趴著的課桌。

「等等，住手啦，這種叫人起床的方式也太粗暴了。」

「如果搖妳的肩膀，難保不會被當成性騷擾。妳還好吧？」

老師注視著我的臉。

「沒什麼。」

我擦去眼淚。

「老師爲什麼在這裡？」

「我看到妳往這裡走。」

和學園祭的時候一樣，老師隔著課桌坐下。因爲是陰天，從窗戶照進來的只有微弱光線。附近的燈也沒開，四周一片昏暗。

「發生什麼事了嗎？」

「我被人告白，又拒絕了對方……」

老師目不轉睛地凝視著我。

「好青春啊。」

「就在剛剛，我第一次覺得老師是個大叔。」

「我才二十六歲。」

「請節哀順變。」

「來談點別的好了，要聊些什麼呢？」

老師似乎試圖安慰我。

「那來聊電影好了。」

「說起來，我最近終於買到某一部恐怖電影的ＤＶＤ。」

「是《德州電鋸殺人狂》對吧。」

「妳爲什麼知道？」

「老師在雜誌上的隨筆提過。」

「那一期應該還沒發售啊……」

老師又開始扒頭髮，推了推眼鏡。那是他在上課時點人回答問題的習慣動作。

「妳常進出出版社嗎？」

「爲什麼老師會這麼想？」

「說不定妳也在寫小說，認識的編輯剛好在出版社之類的。」

「不可能。」

「如果是這樣，那妳說不定就能看到發售前的雜誌。注意到我就是北川誠二，說不定也是因爲……」

「小說我根本寫不來。」

「又或者妳爲了賺零用錢，而在出版社打工之類。小林同學，妳隱瞞了什麼沒說對吧？」

我匆忙起身走下樓梯。

「喂，小林。」

我走到樓梯的中段，確認四周沒有其他人之後，向後朝樓梯間揮手。

「老師，再見啦。明年也請和我要好下去哦。」

我離開學校，走在裝飾著聖誕節飾品的街道，搭上電車回家。腦中翻來覆去地想著曾是同學的男生以及老師的事情，感覺腦袋好像要發燒了。

才想著除夕近了，結果一眨眼就來到新年。我在朋友寄來的賀年卡中，尋找本田老師寄來的賀年卡有沒有混雜其中，結果什麼也沒有。對老師而言，我不過是眾多學生中的其中一人而已。

我在新年期間沒有逐字稿的工作，也沒有朋友的邀約，除了看電視以外沒別的事好做，於是好好地思考了老師的事情。自己的心情說不定僅是孩子氣的憧憬，這樣的念頭經常掠過我的腦中。我究竟從什麼時候起一直想著老師的事呢？又是從過去的哪一個時間點開始，視線會情不自禁地追逐老師的身影呢？

新年第三天的傍晚，我突然決定執行腦中閃過的主意，跑到庭院燒篝火。因爲我躺著看戀愛小說時，書中出現燒篝火的一幕。

我用掃把聚集枯葉，塞進報紙，然後點燃火柴。枯葉堆開始冒出白煙，火焰逐漸竄高，我把好幾捲錄音帶扔進篝火。那些錄音帶是我每次打逐字稿時另外拷貝下來的，裡面錄著老師的訪談內容。

我注視著錄音帶的塑膠部分逐漸受熱，隨後開始融解碳化的過程。1莫耳碳原子和1莫耳氧原子反應產生1莫耳二氧化碳分子時，釋放出的熱量是393千焦。我剛才讀的小說中是這麼寫的。

老師的聲音變成輕煙，慢慢昇向空中。我不是因爲放棄才這麼做，剛好相反，因爲小心翼翼收藏著這些東西，我才會連一步也踏不出。我開始覺得，就算我們之間的關係改變了，總比現在這樣什麼都不說要來得好。

那天夜裡，我在信紙上寫下要給老師的話。我心中想說的話，已經成長到無法繼續放置在田裡的大小，必須馬上出貨。我在紙面上寫下一個個文字，過程中覺得每一個字看起來就像圓滾滾的高麗菜。之前向我告白的男生說不定也和現在的我一樣，陷入不得不將體內的話語訴諸於外的狀態。老師會寫小說、接下隨筆專欄，一定也是出於同樣的理由。比起讓內心不斷膨脹的話語在心田中逐漸腐爛，將這些話語一一陳列於紙上，絕對好上太多了。

第三學期開學後，我就把這封信交給老師吧。我原本打著這樣的主意，卻在寒假期間偶然見到老師。

那一天，老師和一名女性在一起。

4

寒假最後一天，父母把我拋在家裡去了親戚家。我不會煮飯，於是自己出門買晚餐。我久違地打扮得像個人樣，仔細檢查身上沒有餅乾屑後，騎上自行車前往附近的超市。

我的目的地是郊區型的大型超市，設有廣大的停車場，不少人開車遠道而來。我在走向賣場的熟食區時，和一位似曾相識的女性擦肩而過。她推著購物推車，正在挑選火鍋的湯底。我心中篤定對方一定是自己認識的人，在注視著她的時候，對上了她的視線。對方看起來是大學生，感覺是個性溫婉的美人。服裝和舉止給人一種居家的氛圍，讓人想像得出她在家裡做料理的模樣。

我想起在哪邊見過她，忍不住「啊」地大喊一聲。

她停下腳步，一臉疑惑地看著我，歪頭偏向一邊的臉上露出「請問是哪位」的表情。我在腦內搜尋適當的藉口，想要逃離現場的時候，卻聽到一個熟悉的聲音響起。

「小林同學？」

從通道另一邊出現的本田老師逐漸走近，並將手中的紙盒裝牛奶放進她的購物推車裡。

本田老師的家是一棟古色古香的木造透天厝，令人聯想到外婆家。從超市開車的話，十分鐘左右就到了。我把腳踏車留在超市的停車場，搭上老師的車子，跟著兩人回家。我們今晚要吃火鍋，比起兩個人享用，三個人吃一定更盡興，在超市的時候，老師這樣地向我提出吃火鍋的邀約。

「小林同學有什麼不喜歡吃的東西嗎？」

站在廚房準備火鍋的可奈子小姐出聲詢問我。

「我什麼都吃。」

我回答的同時，注視著她熟練地分開金針菇的手指。她纖細的無名指上套著結婚戒指。

老師似乎在二樓的臥室處理事情，一樓只有我和可奈子小姐兩人。我一邊幫忙擺放碗盤，一邊瀏覽裝飾在屋內的盆栽和面紙盒套。擺放盆栽的應該是可奈子小姐，選面紙盒套的大概也是她，我在心中猜想。

自己現在正在老師家中，這件事眞是不可思議。老師平時放學後，就是回到這個家裡。我不曾想過老師也有自己的生活空間和家人。這樣說來，老師就算有個妹妹也沒什麼好奇怪。

「哥哥在學校是怎麼樣的感覺？」

可奈子小姐從冰箱拿出蔬菜地詢問我。

「很受歡迎哦。」

「這樣啊，眞令人意外。」

她是一位氣質溫婉的女性，走路方式優雅，臉上帶著靜靜的微笑，我擅自想像她攪拌咖啡的樣子，大概半點水花都不會激起。雙親過世後，老師就和可奈子小姐一起在這個家生活。老師平常在辦公室吃的手作便當，就是妹妹做的便當，我之前完全誤會了。

「他在高中的時候，明明一個朋友也沒有。」

「可奈子小姐在學園祭隔天，曾經和老師在停車場談話吧？」

「那時候我好像是去跟他借車。」

「我還以爲可奈子小姐是老師的女朋友，所以躲在旁邊偷看。」

「知道我是他妹妹之後，安心了嗎？」

我不知怎麼回答而沉默下來，此時她開始將放著蔬菜的盤子端去餐桌。

客廳的角落散落著與學校相關的書籍，原來老師是在這樣的地方處理公事啊，我默默地想。電視旁的架子上擺著幾張照片，其中一張照片是小學生時代的老師和可奈子小姐，以及一隻戴著項圈的柴犬。小學生的老師穿著短褲，留著小呆瓜頭，模樣非常具有衝擊性。其他也有大學時期的照片，照片中老師戴的眼鏡和現在不同，是一副圓形的銀框眼鏡。可奈子小姐在我看照片的時候湊了過來。

「哥哥直到當上老師爲止，一直都戴著那副眼鏡哦。」

「那現在老師戴的眼鏡是……」

「那是我送給他的禮物，作爲慶祝他當上老師的賀禮。」

我的心中湧起想緊緊握住可奈子小姐雙手的衝動。

「現在的眼鏡很棒，簡直像是老師從娘胎出生時就戴著一樣。」

「到我送他那副眼鏡前，他可是一直嚷嚷著『那種時髦眼鏡根本是邪魔歪道，我就是不喜歡，也不會承認那種眼鏡的存在』呢。說起來，那時的他甚至連黑框眼鏡這個詞都不知道，老是用時髦眼鏡來稱呼黑框眼鏡。」

在二樓的老師處理完事情，不知道從哪裡搬出了便攜式瓦斯爐和鍋子，開始組裝起來。時鐘指針指向晚上七點，我們一同舉起筷子向火鍋進攻。窗外的天色已經完全暗下來，房間內的暖氣開得很強。鍋內的魚丸、雞肉丸，還有蔥和豆腐等隨著煮沸的湯汁滾動。老師老是被掌握火鍋大權的可奈子小姐責罵。

「我不是說過很多次，不要在鍋裡東翻西攪嗎？」

「我在找干貝嘛。」

「你一個人到底要吃掉幾個啊。」

「別在學生面前說那些讓我威嚴掃地的話啦。」

「老師，你的眼鏡都起霧了哦。」

我們一邊享用火鍋，一邊看新年的猜謎特別節目。老師和可奈子小姐喝啤酒，我則喝著茶。

「小說就是在這個家裡誕生的啊。」

火鍋進入最後的高潮，可奈子開始準備作為收尾的烏龍麵。此時我想到老師就是在這個家裡提筆創作，不禁感慨萬千。擺在全國書店架上的文章，就是在這裡紡織出來的。

「沒錯，許多殺人事件的詭計，就是在這個房間想出來的哦。」

可奈子小姐往鍋裡投進烏龍麵。

「是哦？」

老師一臉毫無印象的樣子。我注視著烏龍麵在鍋裡逐漸散開、煮滾的過程。煮好之後，我用筷子一次夾起幾根麵條送進嘴裡。浸滿火鍋湯汁的烏龍麵非常美味。我吃得很撐，享用飯後熱茶時，老師和可奈子討論起要開車送我回去的事情。

「但是你們兩位好像都喝了酒……」

我出聲提醒，兩人面面相覷，似乎現在才想起自己喝過酒。

「啊，沒關係啦，我走回超市就好。」

我穿上鞋子走出玄關，夜空中已經滿布閃爍的星星。就地球而言，空氣一定和平常沒什麼兩樣，不過新年就是給人一種世界煥然一新的感覺。大概是體內仍然積蓄著火鍋熱氣，我像噴出放射熱線的哥吉拉一樣吐出白霧。

我在玄關向可奈子小姐道別。

「不好意思，沒能幫忙收拾。」

「沒關係的。」

老師表示要送我到超市，所以穿上外套，和我一起邁開步伐。錯落的路燈點亮一處處住宅區。我們一開始還會喊著「好冷」、「要凍死了」，一邊走一邊嬉笑。不過我們開口的次數漸漸減少，我沉默地聽著老師的呼吸聲。從旁駛過的車輛頭燈一瞬間將我們的身影投射在圍牆上，旋即遠去。

「母親那邊的姓是『北川』，以前養的狗名字叫做『誠二』，所以投稿新人獎的時候，就把這個當筆名了。」

「從那時開始，就決定以老師的名義，而不是以可奈子小姐的名義發表了嗎？」

我試著拋出疑問，老師便點了點頭，似乎沒打算隱瞞。我的想像並未偏離事實：北川誠二不是老師，而是可奈子小姐。

「妳是怎麼知道的？」

「直覺。」

「少來，怎麼可能憑直覺就知道。」

「剛才我從可奈子小姐那邊得知，老師直到當上老師之前，戴的都是銀邊眼鏡，而且還對現在戴的黑框眼鏡不屑一顧。」

「那又怎麼了？」

「北川誠二的出道作《影子作家》是四年前出版的，寫作時間恐怕更在那之前，但老師當上教師是在三年前。所以那部作品寫好時，老師應該還戴著銀邊眼鏡，對黑框眼鏡深惡痛絕才對。說起來，老師那時候似乎連黑框眼鏡這個詞都不知道，但書中的主角卻戴著黑框眼鏡，顯得很不自然。若老師連黑框眼鏡的名稱都不知道，不可能會那樣描寫主角的。」

「……妳就是因爲這樣的想法，才覺得小說是我妹妹寫的？」

「不行嗎？」

老師露出難以置信的表情，讓我忍不住想爲自己辯解，覺得自己好像被認爲只想著眼鏡的事情。

「我那個妹妹開始寫小說，是在我準備考國文教師的時候。她好像是以我爲人物原型，不知道如果我沒考上國文教師，她要怎麼辦。」

「爲什麼會以老師的名字發表呢？」

老師扒著頭髮，繼續娓娓道來。

「……我妹妹根本不打算將自己寫的小說公諸於世，給我看過之後就打算畫上休止符。她大概在寫作的當下就心滿意足了，就算我叫她投新人獎，她也百般不情願。所以我才在她依然不肯點頭的情況下，偷偷拿去投稿。畢竟那篇小說未曾面世就要遭到丟棄的話，實在太沒道理了。得獎的時候，她第一次知道這件事情，結果火冒三丈，堅持說她根本不想出道當什麼作家。但是不出面，就不能領獎金了。」

「老師想要那筆錢嗎？」

「因爲我想到國外旅行。我用了獎金和版稅前往埃及。金字塔眞的很大哦。」

「可奈子小姐也一起去嗎？」

「她好像和男朋友一起去紐約觀光了。自由女神像聽說眞的很美。」

我瞪向老師。

「我總覺得不能接受，老師這樣就像侵吞了可奈子小姐的獎金和版稅。」

「別那麼死板嘛。」

「我偏要。」

老師瞇起眼鏡後方的雙眼。看來爲了領取獎金，需要有人以北川誠二的名義出面，所以老師才代替可奈子小姐裝成作家。所有編輯到現在都還以爲老師就是作者。之所以沒被揭穿，大概是因爲原稿不是手寫的。如果是用電腦打印出來的原稿，就不用擔心文字看起來不像女性的字跡。北川誠二幾乎不和責任編輯碰面，雖然有隨筆的訪談，不過平時似乎都只有事務性的郵件往來。

「眞虧老師願意接下隨筆的工作吔。」

「很難拒絕啊，因爲其他訪談全都回絕了。」

「因爲北川誠二是覆面作家，同時也是影子作家嘛。所以老師根本不是什麼小說家嗎？」

「我只是個毫無才能的普通人類。」

老師似乎鬆了一口氣。

「小林。」

「嗯。」

「能和妳說這件事，眞是太好了。如果妳沒注意到眞相，我就得一直僞裝下去吧。我可是一直在想，這件事總有一天要做個了結。畢竟妹妹也要結婚了，總不可能一直這樣。」

漫步在人煙稀少的住宅區之間，我覺得自己終於聽到了老師眞正的聲音。

不久後，超市招牌出現在前方。由於營業時間到晚上十一點，所以店內還是一片燈火通明。終於走到停在停車場的腳踏車前時，我的心中頓時感到一陣遺憾。我們兩人各站在腳踏車一邊，簡單地互道再見。

「明天開始又會在學校碰面了。」

「嗯，到時候請老師多多指教了。」

老師雙手插在口袋中，等我出發。我握緊腳踏車把手，抬頭看向老師。

「老師。」

「什麼事？」

「明天能騰點時間給我嗎？我有東西想給老師。」

我確認老師點頭後便跨上腳踏車坐墊，踩下了踏板。

第三學期開學的第一天，我放學後在那個樓梯間，將信遞到老師手上。結局姑且不論，最重要的是我成功鼓起勇氣，將信遞給老師這件事。回應本身並不是什麼大問題。我雖然有點消沉，卻能夠以自己爲榮。

我以前擔心的關係變化並未發生，我和老師仍然像之前一樣交談，而我和可奈子小姐也成爲朋友，有空的時候就幫她找小說資料。對只有同年齡朋友的我來說，和可奈子小姐聊天讓我覺得又新鮮又有趣。我還被邀請參加她的婚禮，每天都懷著期待的心情，猜想老師當天會穿什麼衣服出席。

二月十四日那一天，從早上就冷得讓人縮起脖子，電視上的天氣預報預測中午過後可能會飄雪。我放學後前往辦公室一趟，開著暖氣的辦公室內，本田老師正坐在自己辦公桌前。老師注意到出聲打招呼的我，要我坐在旁邊的椅子上。

我們一臉嚴肅，露出不管怎麼看都像在討論課業的模樣。

「以後沒有北川誠二的逐字稿工作了，有點寂寞。」

這是我第一次將逐字稿的事情告訴老師。不久前，北川誠二的連載結束，原本的專欄換成別的作家隨筆。老師曾經告訴我爲何結束連載，因爲最近老師和可奈子打算揭曉北川誠二的眞實身分另有其人。

「原來如此，妳是聽了訪談的錄音帶……」

老師理解地點頭。

「嗯，我之前在接逐字稿打工。」

我向老師說明叔叔在出版社工作，介紹逐字稿工作給我的經過，以及我在偶然間接到北川誠二訪談逐字稿的事情。講了開頭，剩下的話語就流暢地從口中冒出。我或許從很久以前就想向老師說出一切。

「我一聽聲音就認出來：啊，是老師。」

老師扒著頭髮，推了推眼鏡。

「爲什麼妳之前都不說呢？」

「我擔心老師會不高興，讓別人來謄打逐字稿……」

老師的椅子發出嘎吱聲。我確認沒人看向這裡之後，悄悄遞出紙袋。

「這是巧克力。說起來，雖然我是好一陣子前讀的，不過老師推薦的《初戀》很好看。故事很悲傷，但讓人受益無窮。希望老師以後可以再推薦其他書。」

我起身抓著書包，逃也似地離開辦公室。

我換下室內鞋，走出校舍。如羽毛般的白色顆粒飄過眼前。雪花從高遠的蒼穹誕生，緩緩落下。

在回家的電車上，我昏昏欲睡地陷入淺眠，夢到了高麗菜田。在夢中見到的，是我在謄打逐字稿時，不時開窗眺望的一顆顆高麗菜們。

一開始僅是微小的幼苗，隨著時間逐漸膨脹長大，現在已經變成渾圓的高麗菜。擠滿田地的高麗菜們等待著將來某一天，被帶出田地，前往別的場所。

春天馬上就要來臨，到時高麗菜田上方一定會有紋白蝶飛舞。

小梅經過

1

同班同學山本寬太，一如往常地和其他男生嬉笑打鬧，結果一跤跌進我們的午餐小團體——故事就是從這裡開始。當時我們正在用餐的桌子被撞翻，發出了巨大的聲響，上面的便當也灑滿一地。

那時候是十月半左右，第二學期的期中考迫在眉睫。

不過在那之前，還是先談一下我們的小團體好了。

一到下課時間，教室裡氣味相投的人就會聚在一起，形成大大小小的各種團體。例如擅長運動的男生團體，打扮得特別漂亮、在意化妝和外貌的女生團體，或老在討論遊戲、所有人都戴著眼鏡的團體。

我是不起眼的樸素女生團體其中一員。這個團體的成員有我、松代、土田三人。我們總是縮在教室的角落，盡可能不打擾任何人地安靜度日。

松代身高很高，有著一臉薄倖的長相。據說她只要經過車站前，就一定會被人搭話「要不要看手相啊？」打扮漂亮的女生團體在大聊色彩檢定的時候，她則在興奮地分享暑假時的四國佛教朝拜之旅。

土田身材豐腴，每三天就會被教室的門卡住，發出「咚」的巨大聲響。打扮漂亮的女生團體炫耀男朋友在生日送的化妝包時，土田則在爲了到期的牛丼優惠券而淚眼婆娑。

我們三人的共通處就是，與人擦肩而過時，絕對不和對方眼神交會。如果有人擋在走廊上或便利商店前，我們就會另尋他路，或放棄進便利商店。

我們不曾和打扮漂亮的女生團體交談，男生也不曾找我們搭話，就像是只有我們三人周圍有一道看不見的牆壁。其他人的談話聲偶爾會飄進我們耳裡，他們小聲調侃松代的眉毛隱約連在一起、嘲笑土田的體型、奚落我總是低頭不看人、令人覺得不舒服。關於我的評論，還有不適合戴眼鏡、大餅臉、黑痣女之類。

我們努力在教室中消除自己的存在，僅求不礙眼地平靜度日，所以對於這些言論，我們毫不回嘴，僅僅不發一語地靠向彼此。我們讓自己成爲只是排出二氧化碳的存在，不被人怨恨，也不招人嫉妒，過著平凡的生活。

就在我們過著平凡生活的某一個秋日，山本寬太一跤跌進教室角落用餐的我們之中。他當時大概在和朋友打鬧，然後被什麼絆倒了，他摔到桌子上，桌上的便當也掉到地面。砰然巨響讓教室中一瞬間安靜下來，大家的視線都看向這邊。我們一時沒搞清楚發生什麼事，維持手中握著筷子的姿勢，無法做出任何反應。

摔到屁股的山本寬太唸著「痛痛痛……」地坐起身。他的腳下落著鋁箔包裝的咖啡，是我剛才在自動販賣機買的。我朝咖啡伸出手，希望起碼搶救出倖存的咖啡時，他就在我的面前踩爆鋁箔包，咖啡宛如爆炸的地雷一般噴濺出來。

老實說，我對山本寬太的印象並不好，他簡單說就是個輕薄的傢伙。

每個班級都會有頭腦簡單、精力過剩的團體，山本寬太就是其中一員。之前有一次，他和朋友們在下午課堂開始時，穿著滿是泥巴的制服衝進教室。根據老師當場質問他們所得到的答案，他們似乎是在午休的時候大玩警察抓小偷，而且範圍還是以學校爲中心的半徑五公里內。他們追趕躲在後山樹上的朋友時，從山丘上滑落下來，還跳進池子游到對岸，所以才搞得滿身泥濘。被老師命令換掉衣服，穿上體育服聽課的山本寬太他們，就像一群小猴子。

他又是哪一點輕薄呢？

有一次我打算進教室的時候，山本寬太和班上的女生兩人面對面獨處。他向那個女生告白，並在下一秒遭到火速拒絕。女方的理由是因爲他的身高比女方還矮。之後過三天，他又在午休時的校舍後方，和別的女生兩人相對。他再次告白，並又慘遭擊沉。過一週後，班上開始流傳山本寬太向年輕女教師告白遭拒的傳聞。一個男生馬上向山本寬太求證，結果傳聞好像是眞的。

假如他同時跟多名女生交往，這樣當然算是行徑惡劣，不過他的狀況是不斷告白遭拒，然後沉沒，還來不及從海底打撈起來，就再次遭到擊沉，輸得落花流水，就像一個一直挨打的拳擊手。即使如此，他只要過幾天又會恢復成若無其事的模樣，再次迷戀上其他女生，讓我難以理解。

「對不起，眞的很對不起！」

山本寬太一邊道歉，一邊扶起桌子。剛才和他打鬧的朋友留下一句「那我們先走嘍。」就迅速離開教室。我們三人沒有生氣，也沒嘆氣，默默地撿起落了一地的便當飯菜。松代從書包中掏出面紙。

「來，用這個吧。」

松代拿出高利貸業者在車站前分送的面紙包。大概因爲松代每次都不知如何拒絕地乖乖接下，她手上總是有大量面紙包。我們用面紙擦掉身上的污漬。

山本寬太不知從哪邊拿來抹布，和我們一起清理地板。

「呃，妳的名字是？」

我在擦拭沾到咖啡的室內鞋時，他出聲詢問我的名字。

「……春日井柚木。」

「喔，室內鞋的事情，眞的很抱歉。」

我不想被人看到臉，所以打算低下頭。

「我說啊，這邊也沾到了。」

山本寬太指著我的眼鏡。一個座位有點距離的男生看向這邊，露出憋笑的表情。我戴著度數很高的眼鏡，便宜貨鏡片又厚又重。由於眼鏡鏡架大小和臉的大小不合，所以一天之中老是滑下很多次。現在這副眼鏡的鏡片上，正滴著咖啡。

我按捺著湧起的羞恥感，轉身背對教室其他人，將眼鏡擦乾淨。松代和土田開始討論要去合作社買麵包。山本寬太回到自己的座位，從書包掏出幾張紙後又走回來。

「弄翻妳們的便當，真的很對不起。這個給妳們，就當作賠罪。邊邊雖然有點破損，不過還能用啦。」

他給我們三人一人一張連鎖燒肉店的優惠券後，就走出教室。優惠券大概被山本寬太隨便亂塞在書包中，變得皺巴巴的。

「好厲害，三折優惠券。」

土田打從心底感到高興地說。

我們前往合作社的路上，對剛才發生的事情表示「真是嚇一跳」之類的意見時，在連接校舍的走廊上，和開心嬉笑的女生們錯身而過。她們不論外表的美觀程度，或發散而出的氣場，都和我們截然不同。山本寬太是小猴子的話，她們就像是繽紛妍麗的盛開花朵，而我們就是牆壁上的汙點、或是放置掃除用品的置物架。我心中毫無不滿，反而覺得這樣比較輕鬆。

因爲我理想的境界，就是成爲沒人會多看一眼的小石頭一般的存在。

「我要到洗手間一趟，妳們先走。」

我在去合作社的路上對兩人這麼說，獨自走進女生廁所。因爲我擔心剛才的騷動中，臉上的化妝可能花了。我進了廁所的隔間，從口袋拿出鏡盒檢查自己的臉。

黑痣的位置、被形容爲大餅臉的浮腫臉頰、過大的眼鏡，以及因高度數鏡片而變形的眼睛輪廓。這張臉應該會被分類爲隨處可見的平凡長相，讓人引不起任何興趣，十足普通。所以這個學校裡，沒人緊盯著我不放。

我隨身帶著化妝用具，這件事我並未告訴松代和土田。我從口中拿出脫脂棉丟進垃圾桶，讓鏡中原本臃腫的臉頰變成瘦削的臉型。

我上高中後，早上開始花大把時間化妝。髮型和服裝也留意整理，盡可能打扮成樸素無趣的樣子。現在的我是隨處可見的女高中生，存在感甚至比一般人還低，和被男生討好、被女生覺得賣弄風騷的生活完全無緣。

因爲父親工作的關係，我從國中畢業之後，就從都會的大城市搬到地方上的城鎮。一且住的地方改變，認識我的人也就不見了。我把握這個機會，和母親商量後打造了另一張臉。

我把揉成一團的脫脂棉放入口中，塞進左右臉頰與臼齒之間，讓臉變得臃腫。我還在臉上畫黑痣，戴起不適合自己的眼鏡。母親允許我用這張假造的臉入學，大概是因爲自己過去也有爲同樣事情煩惱的經驗。畢竟我的長相有極大部分是遺傳自曾經是演員的母親。

我到目前爲止還沒遇過跟蹤狂，雖然被人偷拍過，不過並未遇到危險的事。只是之前發生過一件令人憂心忡忡的事情：那時我還在接雜誌模特兒的工作，一名男性看到我刊登在童裝型錄上的照片後，一個月內就寄了幾十封信到事務所。我雖然沒能看到信的內容，但仍然記得讀信的父母蒼白的臉色。

當雜誌的童裝模特兒一事並非出自我的本意，而是以前關照過母親的人，現在是模特兒事務所的社長，某一天緊急打電話聯絡母親。

「我需要找一個十歲左右的女孩當模特兒，如果開天窗，我就完蛋了。」

所以我才被帶到攝影工作室，當時我想要助人一臂之力而已。

在一大群人之間，換上新款洋裝被人拍照，讓我非常不自在。我完全無法理解爲何有人喜歡受人矚目。意外參加的我似乎照片頗受讀者好評，在請求之下，我又繼續擔當雜誌模特兒。當時我將拍照視爲勞動工作。因爲能拿到零用錢，所以對我來說，雜誌模特兒除了工作以外什麼也不是。

有一天，我在攝影工作室的準備室等了很久，器材設定花了不少時間。我等得無聊，就拿起化妝師擱在一旁的化妝工具，想稍微變裝嚇人看看。

我刻意將自己化妝成不起眼的模樣。在不會太過火的程度下，改變自己的臉給人的印象，再戴上微妙不適合的假髮後，我走出準備室。

攝影師和事務所的人都一副忙碌樣，沒一個人看向我。大家都因手上工作而焦頭爛額，感覺一旦出聲攔下他們就會挨罵。我呆立在旁，一名攝影工作室的人向我招手。「妳有空的話，能不能去便利商店幫忙買個果汁？」他一邊問一邊掏錢給我，似乎並未認出我就是模特兒，大概是把我錯認為跟著來玩的朋友。我沒說明實情，點頭答應就出發前往便利商店。

走在路上，沒人看我一眼的事實讓我大吃一驚。道路感覺變得更寬闊，我的心情也感到一陣解脫。在這之前，我只要到人多的地方，就經常會有視線投在我身上，或是被人搭話。

我並不喜歡受人注目，不論在教室或路邊，都寧可被當成石頭一樣置之不理。說起來，我時常被人說外表和興趣的落差很大。我喜歡的明明是《烏龍派出所》或《賭博末世錄》之類的漫畫，但在被人嘲笑之後，我開始回答女生愛看的作品來騙人。我自己選的衣服大多顏色樸素，就算穿著起毛球的運動服到便利商店也毫不在意。比起打扮得漂漂亮亮地外出，我更喜歡坐在暖桌裡喝帶著澀味的熱茶。

說到小學時最令我難忘的遊戲，應該是畫搞笑漫畫。我和要好的朋友輪流在筆記本畫下一頁漫畫。因爲我們缺乏畫圖方面的素養，所以圖看起來有點遜。但我們還是樂在其中。不過不知道從何時開始，朋友開始學會打扮，大概是覺得沒空做這些事情而逐漸停止畫漫畫。

最後剩我一人自我滿足似地繼續在筆記本上畫。

我辭掉雜誌模特兒的時候，事務所的人和攝影師，甚至連雜誌編輯等人都出聲挽留。他們似乎都很欣賞我當雜誌模特兒時的表現，眞是令人感激不盡。

母親常說，假如我當時就那樣成爲有名的雜誌模特兒，出演電視節目，到時我的腦袋一定會發瘋。畢竟過著安穩平凡的生活，才是世界上最幸福的事情。這樣說來，我效法路邊石頭的個性，說不定也遺傳自母親。

我拿著山本寬太給的優惠券，和父母去大型購物中心Saty買一堆東西，接著前往郊區的連鎖燒肉店。

「我是剛才預約位子的春日井。」

母親在餐廳的門口叫住店員。

年輕的女店員看著母親歪了歪頭，一副在哪裡見過眼前人的神情。母親作爲演員活躍於螢光幕前，是在遙遠以前的短短數年間。大家大多連名字都記不起來，這名女店員也不例外。她露出「我多心了」的安心表情，領著我們到座位入座。

餐廳內滿是烤肉的客人，店內充斥著美妙的聲音和香氣。我們一家坐在深處的座位，享用了牛五花、牛橫膈膜肉和牛背肉。飽腹後，我沉浸在幸福的情緒：今天是個多棒的星期日啊。

我利用甜點送上前的空檔，到洗手間一趟。走在通道上時，感受到好幾道視線。喝醉的男性客人和替換焦掉烤網的店員好幾次朝我瞄來。

我今天沒化平常的妝，臉上脂粉未施，也沒戴著眼鏡，而戴著隱形眼鏡。因爲我假日和父親外出時，絕對不會化妝。

炭火的熱度烤得架上的肉不停滴下肉汁，讓炭火滋滋作響。餐廳內到處都冒著蒸騰白煙。其中一對情侶，男方趁女方沒發現的時候，視線偷偷飄向我的方向。請停下，別再看了，這樣會演變成吵架的。我在國中時，常常就這樣被捲進情侶的紛爭。明明我什麼也沒做，卻招來女方的反感。肉片受熱噴出油脂的聲音傳進耳裡，我低下頭，迅速逃進化妝室。

我站在盥洗室的鏡子前，重新望著鏡內自己的臉，心中毫無特別的感想。但對其他人來說，好像並非如此。我的長相似乎會讓他們胸口鬱悶，呼吸困難，他們迫切想知道我怎麼眨眼、嘴唇會吐出什麼話語。國中時向我告白的男生之一確實說過這樣的話。

我在燒肉店遇到山本寬太是在結帳的時候。因爲父親喝了啤酒，所以回程改由母親開車。母親說要先去開車，於是把錢包交給我就出了餐廳。我在櫃台拿出優惠券，詢問店員「請問可以使用這張優惠券嗎？」結果隔著櫃檯站在我面前的，竟然是穿著餐廳制服的山本寬太。

我太過驚訝而不自覺「嗚哇」地高喊出聲。山本寬太看著我，露出恍惚的神情。他手上會有優惠券，就是因爲他在這家餐廳打工的緣故。早知如此，我就會化上平常的妝來了，我不由得這麼想。

「啊，呃……」

山本寬太站在櫃台後，囁嚅好一陣子才開口。

「我記得好像是春日井……」

「……柚木？」

山本寬太猛烈地點頭。

「對，柚木！我在預約名單裡看到春日井，還在想人說不定來了。」

他往下看向優惠券，手指摸了摸邊緣破損的地方。

「這是我那時給她的優惠券。啊，我是柚木的同班同學。」

他的說法聽起來就像是在和初次見面的人打招呼。我原本以爲自己的眞面目曝光了，但看來並非如此。

我傷腦筋該怎麼回答，他又繼續開口。

「請問妳是柚木的家人嗎？」

我們對視著彼此的臉，燈光讓他的眼睛像小孩一樣閃閃發亮。他在班上男生之中身高最矮，大約和我差不多高，所以視線高度也一樣。

山本寬太並未注意到我就是春日井柚木本人，似乎以爲我是從她手上接過優惠券的親戚。

正合我意，我打著就這樣蒙混過去的主意，不由自主吐出謊言。

「我是春日井柚木的……妹妹。」

「妳的名字是？」

「我叫小梅。」

我報上名字，露出微笑之後就迅速付帳，落荒而逃般地離開餐廳。

2

燒肉店用餐的隔天，是個天氣涼爽的星期一。我吃了母親準備的荷包蛋早餐，刷過牙後，開始化醜女妝。給我妝容取這個名字的是父親，他一直反對自己女兒頂著僞裝的長相上學。

我照著鏡子，各在左右臉頰畫上幾顆小小的黑痣，留意位置和數量不會因日子不同而出現差異。爲了方便記憶，我依星座的形狀配置黑痣的位置。用線將黑痣連起來的話，臉的右側會出現仙后座，左側則是仙女座。這個驚人的祕密連家人都不曾發現。

畫眉毛的話太容易被發現，所以我並沒對眉毛動手腳，只用瀏海遮住額頭和眉毛一帶，讓整張臉籠罩在陰影之下。

我往口中塞進兩團脫脂棉，讓左右臉頰鼓起，完成自己的大餅臉。以前體育課教游泳的時候，我以嘴裡仍然塞著棉花的狀態下水。結果棉花在我游自由式換氣時卡住喉嚨，差點讓我溺水，險些就見閻羅王。順帶一提，每次游完泳，我都得重新把痣畫上一遍，非常麻煩。

說起來，嘴裡含著脫脂棉實在是項挑戰。諸如吃飯的時候，我都得小心不要將棉花一起吞下肚。不過人類就是不管什麼事都能習慣，我現在即使在嘴裡塞著脫脂棉，也能夠自在地吃東西。

我穿上尺寸不合的制服，寬大的衣服套在我嬌小的身材上，顯得鬆鬆垮垮的。我用厚重眼鏡遮住睫毛和眼睛的形狀，白襪一路穿到將近膝蓋的高度，和父母道別後出門。

第一堂課是數學課。

「你以爲你這個樣子，能夠通過這次的考試嗎？」

男性數學老師俯視著坐在位子上的山本寬太。教室中一片安靜，大家都屏氣不敢說話。我們正在解黑板上的三角函數問題，不過山本寬太似乎在筆記本上塗鴉放空，還被數學老師抓到。

「我還眞想問你，這張圖到底跟課程有什麼關係？你能告訴我，這張圖到底是什麼東西嗎？」

「是，我在這張圖畫的是鳴人！」

他充滿精神回答的同時，教室各處分別傳出「噗」的偷笑聲。鳴人是在少年周刊JUMP連載漫畫《火影忍者》中登場的忍者少年。山本寬太上了高中還在課堂上畫忍者，還因爲這件事惹惱老師，整件事情太過可笑，班上不少人露出痛苦憋笑的樣子。

數學老師用冰冷的眼神看了山本寬太一眼，對大家拋出一句。

「你們可別像這種人。」

課堂結束，數學老師離開之後，班上同學全都鬆了一口氣。有的人伸懶腰，有的人在講老師的壞話。個性相投的人開始聚在一起，形成各自的小團體。在嘈雜交錯的談話聲中，山本寬太走近我的座位。

「嗨，春日井，妳好嗎？」

我沉默地點頭回應。他在桌子前彎下腰，大概是要配合我的視線高度。我想避開他的視線，於是改變身體角度，隔著桌子斜斜地與他相對，因爲我盡可能不想被他看到臉。

「妳昨天一個人在家吃晚餐嗎？」

他大概是因爲只有我不在烤肉餐廳，所以才這麼想。

「我昨天在家裡讀書。」

我努力用冷淡的語調回應。

「我昨天在店裡遇到妳妹哦，她跟妳提過嗎？」

「小梅跟我說過了。」

松代和土田的座位和我的位子有段距離，我透過瀏海的縫隙，看到轉頭過來的兩人露出一臉擔心的模樣，畢竟男生幾乎不曾向我們團體的人搭話。我在心中暗忖，待會得向兩人說明，就說因為考試快到了，他來跟我借筆記好了。

「妳的家人回去後，打工的前輩就問我認不認識剛剛的人，眞是傷腦筋，他們好像看到我跟小梅說話。關於小梅，我有點事情想問妳……」

「小梅的什麼事？」

「我在那之後，一直在想小梅的事情。」

「哦，這樣啊，那我還有事要去圖書室一趟。」

我隨口敷衍他幾句，隨即起身離開。雖然聽到他叫住我的聲音，但是我裝作沒聽到地快步逃離。我從昨天就已經做好覺悟，料想到事情會變成這樣。昨天隔著櫃檯與山本寬太面對面時，我在他臉上看到少年一見鍾情的表情。

傍晚會有連續劇的重播，一邊喝著粗茶，一邊看著重播的連續劇正是我每天的例行公事，所以放學後我很少留在學校。我和換上體育服的運動社團社員、與抱著樂器的管樂團團員錯身而過，在校舍玄關換下室內鞋。以前鞋櫃裡面會塞滿許多信，現在則不再發生這種情形。松代和土田分別加入了桌球社和柔道社，放學後須參加社團練習，我們三人很少一起回家。

我準備一人走出學校時，旁邊的柱子後面傳出山本寬太的聲音。

「等一下，春日井，我有話想跟妳說。」

他從柱子後方現身，擋在我的前方。我這次被確確實實地逮到了。

「你該不會一直在那裡等吧？」

「嗯，我屏住呼吸，像一個忍者一樣潛藏在那裡。」

「來人啊，這邊有個腦袋出毛病的傢伙。」

前往公車站的路上，我盡可能地快步行走。山本寬太則在我前方幾公尺，一邊看著我一邊倒退走。

「我啊，想再見小梅一面。」

他這麼說的同時，在完全不看路的情況下，跳上分隔車道和人行道的細長分隔島。他就像倒退走在平衡木上，與我維持數步的距離。他兩手插在褲子口袋裡，神情一派稀鬆平常，全然沒有正在表演特技的感覺。

「山本同學沒參加社團嗎？」

「因爲我要打工，還得照顧弟弟啊。」

我還以爲他是運動社團的一員。他所走的分隔島上，有一處破損凹陷的地方，我還來不及出聲提醒他，他就維持倒退走的姿勢跳過那裡。他的後腦勺說不定長了眼睛。

「對了，來去春日井家開讀書會吧！」

「你向其他男生說過小梅的事情嗎？」

「怎麼可能嘛！」

「你能幫我保守祕密嗎？不要跟別人說我有妹妹這件事。」

「吶，妳們兩個眞的是姊妹嗎？」

不，我們是同一個人。

我的閉嘴不語似乎讓山本寛太誤以爲我生氣了，他連忙解釋。

「我不是在說外表啦。該怎麼說，例如待人態度之類的？」

昨天我在櫃台付帳時，向他露出微笑，聲音似乎也比較高；一方面我化醜女妝的時候，總是低頭擺出冷淡的態度，這應該是不希望被別人注視的意識作祟。此外，我覺得自己不時會對人露出質疑的眼神。在他眼裡，現在的我一定是給人惡劣印象的女同學。

「抱歉，我並無惡意。」

「沒事！別在意！」

分隔島中斷，山本寛太踏回平地上。他依舊維持倒退行走的姿勢，結果沒走出十公尺，就踩到地上的果汁瓶而跌倒了。

「沒事吧？」

「屁股好痛。」

我看著他站起身，忍不住傻眼。他在分隔島上明明一副從容模樣，結果竟然在地面上摔一大跤。

「誰叫你不看路。」

「我說啊，妳能不能動用姊姊特權之類的，給我一個見小梅的機會啊？」

他拍拍制服褲，用快要哭出來的聲音詢問。

「不行。」

「稍微通融一下啦。」

目的地的公車站出現在眼前，即使踏上階梯，山本寬太仍舊不死心地黏在我的身邊。

「如果妳讓我跟小梅見面，我什麼都願意做哦？舔妳的鞋子也沒問題哦？」

他開始用令人難為情的聲音哀求。眼前的男生太可悲了，我忍不住覺得一陣難過。

「好吧，如果山本同學在這次的數學考試考到七十分以上，我就試著拜託我妹妹。」

我之所以這樣講，一方面是出於對他的憐憫，一方面則是覺得如果讓他一路跟到家門前會很麻煩。他在數學課上惹老師生氣的事情，可能也還卡在我腦中的某個角落。

公車進站，我踏上公車。看向窗外時，山本寬太一臉茫然無措地站在外面。這下他就會放棄了，因為不管怎麼想，他都不可能考到七十分以上。

然而隔天，上學差點遲到的山本寬太大步走到我的位子，向我發表宣言。

「我從今天起要努力讀書！所以妳也要遵守約定！」

校舍二樓走廊採光良好，一到下課時間，總會有幾名學生來這裡晒太陽。我和松代、土田三人靠著窗邊，討論該怎麼拿到期中考的考古題。一般來說，考古題只要從朋友手上借來影印就好，但我們三人除了彼此，沒有可以稱爲朋友的存在，所以取得考古題的途徑相當有限。

此時山本寬太出現。他一看到我，就露出意味深長的笑容，攤開數學筆記本。

「看吧，柚木！這可是我花了一整晚的成果！」

在筆記本上，有潦草用力的男性字跡寫成的數學算式，雖然辨識困難，不過確實一路導出了正確解答。

他一臉高興地開口。

「哎唷，眞傷腦筋，這樣子應該就可以見面了。我到時候就可以和她見面啦！」

「解開這種程度的題目，根本不足爲奇。」

我在心中將他評爲得意忘形，開口潑他冷水。

在這幾天之間，山本寬太常常跑來搭話，問我「這題怎麼解」、「這個文字表示什麼」、「學這個到底有什麼用」之類的問題。

他也會向松代和土田詢問題目的解法，兩人雖然會教他，但總是露出戰戰兢兢的樣子。一旦山本寬太用充滿活力的聲音，向兩人說「謝謝妳們，眞是幫大忙了！」她們就會一臉畏縮地蜷起身體。松代和土田並未詢問我，爲什麼山本寬太會開始找我說話。我們遵循以往的模式，在不影響到其他人通行的地方一起共度時光，彷彿山本寬太的事情毫不重要。

山本寬太的數學必須從國中時的範圍開始補救。他拒絕朋友們下課時的邀約，專心盯著以前的課本。即使他的朋友們歪著頭，追問他爲什麼用功，山本也遵守約定，沒向任何人說出小梅。就算他的朋友們拉扯他的嘴巴，往他的鼻孔裡塞花生米，他仍舊安靜地注視著數學課本。讓他如此認眞的，是在燒肉店僅有一面之緣、名爲小梅的少女。而他並沒發現自己不惜付出這些努力也希望一見的少女，其實就是他的同班同學。

看著每天發憤讀書的山本寬太，我的良心隱隱作痛。你根本不用這麼拚命，我在內心暗想。我雖然不清楚一見鍾情，但你根本不必做到這種地步。而且你不是見一個愛一個，看到女生就告白嗎？趕快忘掉小梅，像之前一樣，趕快迷上下一個女生就好了。

「爲什麼妳要教我讀書啊？」

在放學後的圖書室內，山本寬太向我提出疑問。當時我們攤開數學筆記本，準備開始做題目。

「不是你叫住我，把我拉來這邊嗎？」

我明明已經準備要回家了，山本寬太卻硬是把我拉來，讓我坐在一旁陪他用功。

「不過妳是希望我對妳妹妹死心，才開出這種條件吧？但妳又教我讀書，這樣不是很矛盾嗎？」

我避免被他看到臉，維持低頭的姿勢回答。

「我沒想到山本同學竟然會用功啦……」

但撇開要不要讓他見小梅這種複雜的問題，我看到別人努力的模樣，就會想爲他加油。我對他的第一印象雖然不太好，不過看著他字跡潦草的筆記本，總覺得他應該不是什麼壞人，心中的評價也有所轉變。

「我只是想，山本同學能夠考到好成績的話，數學老師應該會嚇一大跳。」

「妳也討厭那傢伙嗎？」

我一點頭，他就露出開心的表情。

「很好，那我們就是同志，來握手吧。」

「我拒絕。」

「我覺得妳比那傢伙更適合當老師。」

「爲什麼？」

「妳還記得他之前上課講過的話嗎？他已經放棄我了，覺得『這傢伙不行』。但妳不這樣想，還願意陪我讀書。我說啊，柚木，其實我小學的時候很擅長數學哦。」

情。

在教室和朋友打鬧時看不到的認眞表情。沒想到他也會露出這樣的表情，我懷著意外的心

我維持低頭的姿勢，透過眼鏡和瀏海，瞄向他的眼睛。現在山本寬太臉上，是他平常

「不過上國中後，我就不太聽課了。不知道現在還能不能補回那時的份呢……」

「眞的嗎？」

「數學和死背的東西不同，是需要累積的，所以大概很難。」

「就算是說謊也好，妳也要說沒問題嘛。」

「不，不管我怎麼想，都覺得應該很難。」

學校的圖書室位於西側，西晒的陽光從窗戶照進，斜斜拖曳在書架上。不少人也和山本寬太一樣埋頭用功。我坐在他隔壁的椅子上，翻開還沒讀完的文庫本。不時，他會用手肘戳我，要求我教他算式的解法，或哀號說要詛咒寫出這本題庫的作者。窗外的天色逐漸變暗，其他學生們也三三兩兩地回家了。我沉迷在文庫本的世界，完全沒注意到山本寬太打起瞌睡。我火大地踢他一腳卻毫無反應，於是我就放著他自己回家了。公車開過黑暗的夜路，將我載回住宅區。好久沒在學校留到這麼晚了，我在心中想，同時又稍微覺得這樣也不壞。

「請給我小梅的照片，只要將照片擺在桌上，我覺得我讀書就能更有幹勁。用簡訊傳

照片給我也可以。」

期中考的前一週，山本寬太逼近我，向我提出這樣的要求。他兩手合十，眼眶含淚，似乎已經被逼到極限。儘管如此，我還是拒絕了他的要求。但他並沒有就此放棄，而是遞給我一張從筆記本撕下的紙片，上面寫著他的手機號碼和信箱地址，彷彿在等待我哪天一時興起答應他。

「不然直接把那張紙交給小梅也行！」

「我一回去就扔進垃圾桶好了。」

「小梅她姊妳別這樣啊！」

那一天，回到家的我從口中拿出脫脂棉，卸妝恢復清爽的樣子後，開始為自己的考試準備。我在晚餐後做數學題目，發現解題的過程比料想得還要輕鬆，看來教山本寬太讀書也有助於自己的課業。

房間的窗玻璃映出戴著日常眼鏡的自己，我只在上學時才戴上醜女妝的眼鏡。眼前是我習以為常的臉。不過在這張臉上，容易引人目光的，究竟是眼睛形狀、挺直鼻梁，還是嘴唇呢？我有些地方長得像母親，也有些地方遺傳自父親。第一次踏進事務所時，所有忙於工作的人瞬間都停下來看向我。搭電車時也是一樣，周圍的人們都會露出驚訝的表情看向這邊。

我對著窗玻璃，一會擠出笑容，一會擺出一本正經的表情，像回到當雜誌模特兒的時期。擺出一連串表情的最後，我對著自己的臉使用了手機照相功能，拍下差強人意的照片。

「你能夠弄到考試的考古題嗎？我用妹妹的照片跟你做筆交易。」

我給山本寬太寄了類似內容的簡訊。我好一陣子沒和男生簡訊往來了，國中的時候，我因爲討厭信箱中老是有大批簡訊湧進，所以屢次更換信箱地址。目前知道我信箱地址的人就只有松代和土田。山本寬太馬上回覆了我的簡訊。

「我絕對會弄到手。」

他的工作效率一流。和我、松代、土田三人不同，他在班上有許多朋友。在發出簡訊的隔天，他已經收齊所有科目的考古題，得意地找我索討小梅的照片。

那一天，山本寬太在一天之中不停拿出手機，望著手機螢幕嘆氣。我不動聲色，以幾乎要折斷筆桿的力道握緊自動鉛筆，深深後悔自己幹了蠢事。不過當我告訴松代和土田已經拿到考古題時，她們兩人都一臉高興，我也就乾脆地想著算了。

放學後，班上其他男生偷看了山本寬太的手機，引起一陣騷動。我裝出絲毫不感興趣的態度，豎起耳朵聆聽他們的對話。

「你手機待機畫面的女生是誰啊？」

班上的男生聚到他的手機旁邊圍成一圈。看來山本寬太把昨天的照片設成了手機待機畫面。我感到一陣頭痛：爲什麼自己非得在他的手機螢幕待機，等待打給他的電話和簡訊呢？

「快說！這女生到底跟你有什麼關係！」

男生們揪住山本寬太的衣領，每個男生都比他高，讓他看起來就像被大人圍住的小學生。他咳嗽喘氣，手腳亂揮努力掙扎，但男生們依舊不肯放開他的衣領。他的手機在這段期間傳遍男生們的手中，讓他們大吃一驚，並在未經山本寬太的同意下擅自將照片傳到他們自己的手機裡。

「誰都行吧！她只是路過的女生啦！」

山本寬太臉色緊繃地從他們手中奪回手機。

「騙人！你怎麼可能隨便在路上就遇到這種美少女！」

「就算剛好經過，也不可能給你拍照啦！」

「哎，是說她的微笑也太可愛了！」

「和這個女生相比，小熊貓簡直就像猛獸一樣！」

他們陷入混亂，扛起山本寬太，開始像舉行祭典一樣嘿咻嘿咻地喊起口號。

我在心中立下前所未有的堅定決心：絕對不要在這個班上露出眞面目。

第二學期的期中考爲期三天，數學科的考試在最後一天。山本寬太對其他科目表現出毫不在意的模樣。不過對我而言，其他科目也一樣重要，所以和松代與土田一起開讀書會用功。託此之福，第一天和第二天的考試都十分順利。

最後一天的早上，氣溫開始讓人感到寒意。中午雖然還算溫暖，但是早上吐的氣都變成白色，讓人想加件外套。我走出家門，胡思亂想著希望能有一件外套，毫不起眼又能消除自己的存在，像《哈利波特》中的透明斗篷一樣。

第一堂課是數學考試，我和兩位友人交談，打發難以鎮定的考前時間。土田問我「昨天讀了多久？」我謹慎地回答「完全沒讀。」

山本寬太在考試快開始的時候才進教室，走近我的座位。我透過眼鏡和瀏海望向他的臉，他的臉上掛著睡眠不足的疲倦神情。他從書包中拿出一大本雜誌，雜誌的封面讓我覺得似曾相識。

「我把小梅的照片給打工的前輩看，結果她告訴我，她曾經看過小梅的照片，然後從她家壁櫥中找出這本雜誌給我。」

那是以小學女生爲客群的流行誌，刊載在雜誌上的是國中生年紀的模特兒，因爲雜誌會選用比讀者年齡大一點的孩子作爲模特兒。

山本寬太翻開貼著標籤的頁面，上面印著一位苗條的女孩。她穿著造型師指定的新款衣服，在精美的布景中露出隨性的模樣或是擺出姿勢，受到的待遇規模顯然和其他模特兒不同。我家也有收藏這一期雜誌，就連攝影當天的事情都還留在我的記憶之中。

「她作爲模特兒活動的期間只有兩、三年，剛開始受歡迎，就停止了活動，聽說連事務所也辭了。個人資料幾乎全部不詳，也沒人知道她現在在哪裡做什麼。」

「……眞虧你找到這種東西。」

抱著助人的想法成爲雜誌模特兒，是我小學時的事情。那時取的藝名就叫做小梅，因爲母親很喜歡同名的糖果，經常買來吃。當時在燒肉店被問到名字，我脫口說出以前的藝名，大概是因爲那時的我就和模特兒時期的自己一樣，眞實長相暴露在眾人視線之下，臉上也不得不掛著假笑。

老師進了教室，山本寬太將雜誌收進書包裡。

「聽好，說好的七十分，不要忘嘍。」

考卷發下，數分鐘之後教室一片安靜。考卷背面朝上地蓋在課桌上。盯著手表的老師一做出指示，大家就一起翻開考卷，開始作答。

只要我用化妝藏起自己的眞實長相，就能避免被人盯著不放，當然是比較輕鬆，不過男性對待我的態度也隨之產生微妙變化。比方說，在便利商店買點心的時候，男性店員的態度就會變得比較冷淡。我在許多店裡遭到冷淡對待後，終於發現自己之前因爲外表而享受了多少特權。東西掉了，就會有人幫忙撿；露出困擾的樣子，就會有人出手相助，我習慣於這些特殊待遇，在這之前都毫無自覺。

我開始對男性產生不信任感，契機是我國中時的學長。那個人非常帥氣，成績也很優秀，在運動大會上更是表現活躍，是所有女生的夢中情人。我們開始交談，是因爲我們畫的圖一起得獎，受到市公所的表揚。我們在那之後會互打招呼，隨即又交換了信箱地址。他在我面前一直都表現得很溫柔。

國中二年級的某一天，我化妝成不起眼的樣子走在街上，看到學長從街道的另一頭走來。那時我的化妝技巧變得比較熟練，可以變裝成不起眼的女生而不會顯得不自然。我好奇學長能不能認出自己，就一直注視著走過來的學長。結果他在和我交錯而過的時候，丟下這麼一句話。

「別擋路，醜女。」

他平常完全看不出是會說這種話的人。

學長走遠之後，我好一陣子都因爲深不可測的恐懼而無法出聲。我不是因爲被說醜女而大感震驚，而是對學長隱藏的這一面感到深深畏懼。在那之後，我無法回覆學長的簡訊，被學長告白的時候也一口回絕了。現在想起來，我那時說不定差點喜歡上學長，所以受傷時的傷口才特別深。

我之後就提高化妝出門的頻率，與其說是讓自己不起眼，倒不如說我的內心深處有一股衝動，強迫自己必須這麼做。我一一觀察那些在我露出眞實長相時看不到的事物。當我換成不起眼的外表，其他人的表情及態度都有著明顯的不同。人在日常生活之中，會因應不同對象戴上多種不同的面具，而我相當在意對方到底戴上了什麼面具。我無法對人敞開心胸，投以信賴。

「沒有人對妳說眞心話。」

我的好友看著準備搬家的我，開口這麼說。

「根本沒人會喜歡妳，大家都只是喜歡妳的長相才接近妳，對妳這個人毫無興趣。」

她的話語就像是詛咒，束縛我的人生。

隨著老師一聲令下，數學考試結束。放學後，我收拾東西離校，結果在路上看到拖著腳步的山本寛太。

「考試感覺如何？」

他緩緩抬頭，轉身看向我。

「順其自然吧，我已經盡力了。多謝啊，柚木。不管考試結果如何，我都很開心。」

「很開心？」

「畢竟我也和妳感情變好了。」

「咦，什麼時候的事？」

「妳眞的是很難相處的傢伙吔。」

他一副神清氣爽，我出神地看著他的側臉。他露出連旁人看到都會感到愉快的表情。眼前的男生今後不會再到自己座位旁，要求自己教他功課了。這麼一想，我的心中突然湧起一點留戀惋惜的心情。

「啊——啊，我好想見小梅啊！」

山本寬太對著天空吶喊。

數天後公布的考試成績，出現令人瞠目結舌的結果，班上每一個人都對此感到錯愕。山本寬太對小梅的執著似乎強到足以引發奇蹟。

3

涼爽的微風吹過，行道樹上的樹葉隨風飄落。我喀擦地踩過乾燥的落葉，車站前面有許多往來的行人。此處的車站雖然不是新幹線或特急電車的停靠站，卻有快速電車停靠，在與東京距離遙遠的這個地方城市，是高樓大廈最密集的地區。我打發好幾個似乎是來搭訕的男人，在車站前的公車總站等待山本寬太到來。

山本寬太在數學考試得到七十一分之後，每次在學校碰面就會拿出考卷搖晃，用一臉奪得天下的得意表情說「要遵守約定哦」。

「聽好嘍，柚木，我不是想和小梅兩人單獨約會。畢竟一開始就單獨約會，終究不太好吧。最初的一步還是謹慎一點比較好。所以就由做姊姊的妳陪在旁邊，我們三個人一起逛一個小時，這樣如何？」

根本不會有第二步啦，我在心中低罵，結果決定好讓山本寬太和小梅在星期日見面。

站前廣場展示著奇妙形狀的塑像，上面鑲著時鐘。一到下午兩點，小巧的人偶就會從塑像中跑出來，發出滑稽的音樂。約定的時刻到了。

「哇！」小孩的聲音響起。我轉過頭，不遠處站著一個只到我腰部高度的小男孩，正抬頭望向廣場上的塑像。令人驚訝的是，小男孩牽著山本寬太的手。

山本寬太一注意到我，馬上發出「啊……」的聲音，露出詫異的表情。大概因爲出現在約定地點的只有妹妹小梅而已。

我並沒有化上平時的妝。我戴上隱形眼鏡，穿著尺寸合適的衣服，頭髮也梳理成自然的髮型。從家裡到車站的一路上，我都覺得很不自在。不論是在公車內，還是在大街上，我都感受得到大家的視線。

「啊，你好……請問是山本同學，對吧？」

我出聲向緊張得僵住的山本寬太搭話，還特意裝出可愛的聲音，就像以前當雜誌模特兒的時候一樣。

「那個，請問柚木同學她……？」

山本寬太戰戰兢兢地詢問，明明平常總是不客氣地直接叫我的名字，今天卻特地加了「同學」。

「姊姊因爲感冒，所以在家休息。」

雖然他提出姊姊陪同的主意不賴，不過兩人同時登場畢竟不可能。

「話說那孩子是？」

「他是我弟弟愼平，爸媽叫我幫忙顧著他。」

山本寬太把手放在男孩的頭上。愼平揹著小孩用的小背包，是個可愛的小孩。他的身高僅到我們腰間，就連鞋子大小都只有手掌大。據說山本寬太的雙親都在工作，所以偶爾會拜託他照顧弟弟。

「妳還記得我嗎？」

「你在燒肉餐廳打工，對吧？在那之後，姊姊也說了很多關於你的事情。」

「哦，她都說哪些事啊？」

我的臉上維持燦爛的微笑。

「今天眞謝謝你，我不太清楚電器製品，正傷腦筋，不知道該買哪個iPod才好。」

「那個，我還是很好奇柚木同學說了我什麼事……」

我們前往站前的大型電器量販店。走進量販店後，我們搭上電扶梯，一到隨身聽賣場，山本寬太就拜託我照顧愼平，自己跑去洗手間。

我牽著四歲男孩的手，瀏覽各種型號的iPod。愼平對小型機械充滿興趣，一看到有趣的東西，就會伸出手指大喊「大姊姊！這個！」兄弟兩人都聲音宏亮，有精神就是好事，我在心中想。

過一會，我的手機響了，液晶螢幕上顯示的來電名字是去了洗手間的山本寬太。

「喂？」

「柚木嗎？」

他的聲音聽起來很不高興。

「嗯。」

「我有兩件事想說！首先！爲什麼妳偏偏挑今天感冒啊！」

我終於發覺他說要去洗手間是騙人的，他是去打電話給春日井柚木。他大概完全想像不到，此時我正在同一家電器店裡，沒拿電話的另一隻手牽著愼平。

「我不在的話，你和妹妹說話的機會不就增加了嗎？」

我裝出感冒，對著電話咳了幾聲。我朝正看著我的愼平露出微笑。

「我原本計畫把弟弟丟給妳，讓我和小梅共度兩人時光，還爲此帶愼平過來的說。」

「沒想到你打這種如意算盤……」

愼平伸手玩弄我身旁的展示用音響，播放的音樂瞬間變得非常大聲，我連忙調降音量。

「妳聽音樂還開得眞大聲吔。」

電話另一端似乎也聽到剛才的音樂。

「你另一件想說的事情是？」

「快點把感冒治好！」

他喊完這句話就單方面掛斷電話。數分鐘後，山本寬太回來了。我裝作一直在選iPod的樣子和他會合。

山本寬太向弟弟慎平詢問。

「你剛才有乖乖的嗎？」

「大姊姊剛剛在咳咳哦！」

慎平指著我。

「小梅妳感冒了嗎？柚木那傢伙，竟然還把感冒傳染給小梅……」

我冷汗直流，再次刻意地咳了幾聲。

山本寬太轉頭看向旁邊的音響，歪頭露出不解。

「這首歌很流行嗎？」

「這麼一說，我姊姊好像也有這首歌的ＣＤ……」

「嘿，真意外。」

「……」

音響流出嘻哈樂曲，旋律讓人想起黑人男性大跳街舞的模樣。

在那之後，我成功地守住祕密，在山本寬太的說明之下買了iPod。慎平一走出電器量販店就說「累了」，於是我們三人走進麥當勞。

我和愼平隔著桌子相對時，山本寬太拿著盛著飲料和薯條的托盤走來。店內十分寬敞，和煦的陽光從大片窗戶投射而入。我們喝著飲料，談論我當雜誌模特兒時期的事情，以及關於姊姊柚木的事。

不久，在清清喉嚨之後，山本寬太終於開口。

「那個、說起來，不知道小梅有沒有交往對象？」

旁邊的愼平喝完飲料，吸著吸管發出咕嚕嚕的傻氣聲響。我暗想，終於來了。

「我雖然沒有正在交往的對象，但並沒有和山本同學交往的打算。」

山本寬太誇張地搖手。

「當然啦，我沒想過那麼僭越的事情。」

我滿心意外。

「這樣啊，我還以爲……」

「我根本想像不出來！這麼漂亮的美少女和我？怎麼可能！不過相對地，我有件事想拜託妳。」

山本寬太露出一臉嚴肅的神情。

「我從半年前就在傷腦筋……春天時，我在路上剛好遇到國中時代的熟人。他是個老是嘲笑我身高的討厭傢伙。我遇到他的時候，他正和女朋友兩人在Saty逛街……」

如果是住在東京近郊的高中生，說到約會，一定是到東京都內玩。不過在我們鎮上，去Saty玩才是約會的第一選項。鎮上的大型購物中心Saty有電影院和保齡球館，一到星期日就會有大量情侶出沒。

國中時代的熟人一看到山本寛太，就開始炫耀自己的女朋友。山本寛太因爲一句「反正你不可能交到女朋友」的挖苦，一時火大地撒了謊「女朋友的話我也有」。以這句話爲起點，謊言像滾雪球一般愈滾愈大，最後熟人表示「讓我見見」，山本寛太則祭出「她很忙所以沒辦法」作爲緩兵之計。

「總之就是常有的青春一頁。」

他一邊嘆氣一邊搖頭。

「爲什麼要說那種無聊透頂的謊……」

「我可不是因爲沒有女朋友很丟臉才說謊，這點很重要。請仔細聽好了，我只是不爽那傢伙。『矮冬瓜的你才交不到女朋友啦』那種狗眼看人低的視線！光想起來就讓人不爽！所以我才忍不住說謊了。」

「身高之類的部分應該是被害妄想……」

「這半年來，那個熟人每個月都會打來，叫我差不多該承認自己說謊。我才不會承認呢，太不甘心了。」

「就乖乖承認吧！眞是小孩子氣。」

「所以我才想拜託小梅，一天就好，能請妳裝成我的女朋友，和那傢伙碰面嗎？這樣他就會乖乖收手，我也就不用再說謊了。」

第一次聽到這件事，我不知道事情眞僞。說不定他在短時間內向多名女生告白，就是出於這個理由。不過就算這件事是眞的，我也不想配合他做這種事。

「我覺得你還是老實道歉比較好。告訴他們一切都是謊言，這才是正確的。」

山本寬太望著我，一臉死心。

「……果然如此。這麼做比較好嗎？」

「絕對是這樣比較好。」

愼平從小背包拿出摺紙遞給我。

「大姊姊，幫我做手裏劍！」

他閃閃發亮的眼睛就像寶石，可惜我並不會摺手裏劍。

「別讓大姊姊困擾啦！」

山本寬太從旁拿走摺紙，靈巧地摺出手裏劍，興高采烈的愼平立刻要求下一個要摺恐龍。他一一滿足弟弟要求，結果自己似乎也摺得很起勁，開始摺出沒人指名的鶴、大象及麵包超人等。山本寬太看來完全忘了我在他的面前，將近二十分鐘都專注於他和弟弟的交談。

山本寬太最後望著在桌上排成一列的摺紙動物們，露出心滿意足的表情。此時，他才對上我的視線。

「啊，對哦……」

他的臉上寫著：我忘了現在正和女生在一起！

他慌張地開始道歉。

「抱歉把妳晾在一旁。」

我低下頭，克制笑出聲的衝動。

我根本沒生氣，還覺得看他們兄弟兩人玩摺紙很有趣。

我們離開麥當勞，我和山本兄弟道別，搭上公車。回到自家的住宅區時，我想起今天的事情，臉上幾乎要露出微笑。

在家中獨處時，一股寂寞的心情猛然湧上心頭。

國中時代，我有一位能夠自在相處的朋友。她是一位個性文靜，氣質溫婉的少女。我只要待在她的身邊，就會像貓找到日光浴地點一樣放鬆舒緩。

我們兩人走在街上時，經常會被男生搭話。由於他們明顯只想找我搭訕，這種時候朋友會被晾在一旁，不知如何是好。

在學校也常常發生類似的狀況。我和朋友談天時，男生就會湊過來加入對話。不知不覺中，參與對話的男生人數增加，我被他們圍在中心，回過神來，朋友已經被擠到圈外。

國中三年級的第三學期，要搬家的我在放學後的教室和她做最後的道別。夕陽從窗外照進，映在一排排的桌面上。教室之中只有我們兩人，遠處聽得見運動社團的人在操場練習的聲音。

「我們就要說再見了，我就趁現在說出我的眞心話吧：我討厭妳。我每次都在想，希望妳快點去死。」

她的聲音一片淡漠。夕陽在她臉上落下陰影，把我的制服映得通紅。我全身因爲恐懼而無法動彈。即將和她分離讓我難過不已，就在我眼眶含淚向她說「一定會再見」的下一刻，她就對我說了這段話。

「妳知道我抱著多麼悲慘的心情待在妳身邊嗎？爲什麼妳偏偏要找我當朋友呢？妳根本不可能理解我的煩惱吧。對妳來說，妳根本無法想像普通人的人生吧。」

她看著呆站在原地的我，嗤笑了一聲。

「討厭妳的女生不只我一個人。每個人都對妳隱藏了自己眞實的想法，根本沒人會喜歡妳。大家都只是喜歡妳的長相才接近妳，對妳這個人毫無興趣。妳這輩子就只能過著無法和他人互相理解的孤單生活。永別了，以後別再出現在這個鎮上。」

走廊上傳來吃吃的竊笑聲。班上的女生不知從何時就站在那裡，從門口和窗戶的縫隙窺看我們。朋友走出教室，和她們一同哄笑著離開。我聽著她們逐漸遠去的聲音，一個人留在教室。天空漸漸變暗，教室沉浸在宛如深海海底的幽暗。即使在那之後已經過了兩年，我仍然一個人留在那間教室之中，無法逃出。

早上的輔導課開始前，我在座位撐著臉頰，望著男生團體從我面前走過，加入打扮漂亮的女生團體，開始快樂地聊天。因爲醜女妝的關係，沒一個男生會來和我搭話，我也不用擔心引起其他女生的嫉妒或反感。我回想起國中好友的話語時，土田靠了過來。

「怎麼了嗎？」

土田維持視線沒有交會的狀態，出聲詢問我。看著黑板方向的她站在課桌之間，豐腴的體型顯得有些彆屈。我們之間不太會對上彼此的視線，因爲我們只要被人盯著看，就會變得行動僵硬、以致形跡可疑。我是因爲太擔心化妝露餡，松代和土田則是不知何時養成這種個性。

「我在想點事情……」

「有什麼煩惱的話，可以試試看揮棒哦。」

「揮棒？棒球嗎？」

根據土田的說法，她平常遇到什麼討厭的事情，就會在深夜的堤防上，一邊大喊「嗚喔喔喔喔」，一邊揮舞金屬球棒。流了一身大汗後，心情據說也會變好。

「被人發現的話，不會被當成可疑份子嗎？」

「嗯，我曾經被人通報過警方一次。」

我試著想像土田被帶到派出所而垂頭喪氣的樣子：絕對不會受人歡迎，不管怎麼想都不會受歡迎，但我就是喜歡她這個樣子。

我也很喜歡松代。她喜歡占卜或符咒之類的東西，她曾買過她家附近神社的可疑護身符，據說每十年才開賣一次，還將其中一張分給我。聽她說，只要將那張符貼在房間中，就可以獲得幸福。不管怎麼想，松代大概也不是受歡迎的類型。

高一的時候，我沒有任何一個朋友。我在教室中不與任何人交談，只是頂著醜女妝，過著宛如擺設的低調生活。可能是搬家前好友留下的話語對我造成創傷，讓我在那一年間變得非常畏怯退縮。

升上高二後，和松代及土田進了同一班級，我終於能夠享受生活。和她們聊天，對話中永遠不會出現時尚或男生話題，因爲那是我們三人都刻意避開的。讓男生視若無睹的外表與稀薄的存在感，將我們三人親密地聯繫在一起，就像灰塵被風吹起，會更加緊密地堆積在一起。

我不能讓她們兩人知道我的眞正長相。如果她們知道我現在的臉只是化妝的假象，我其實是透過撒謊加入她們，說不定我們就無法再像現在這樣融洽相處，到時一定會尷尬無比。我不想再被朋友討厭了。

山本寬太走進教室，馬上遭到男生們的質詢。

「你昨天和一個女生在火車站前吧？其他班的傢伙看到你，還說那女生超可愛。」

「吵死了，別問那麼多啦。」

我聽見這樣的對話。不久，其他男生咚地敲了山本寬太的頭，開啓了一場追逐戰，正如平日風景。不過這一切和數個月前，有著決定性的不同：我的視線會不由自主追著山本寬太的身影。我透過厚重的眼鏡和瀏海，注視著揮手奔跑的他，不經意卻和他對上視線。我馬上垂下眼，緊盯桌面。

我打算趁午休到洗手間，確認化妝狀態時，山本寬太出聲叫住我。

「妳的感冒好了嗎？」

「嗯，還好。」

「小梅提過關於我的什麼事情嗎？」

「沒特別說什麼。」

「我拜託小梅當我一天的女朋友，結果被拒絕了。」

「這樣一講，她好像說過這件事。」

「如果小梅因爲這件事不高興了，妳能替我道歉嗎？」

「你和一堆女生告白，是因爲你想向熟人介紹自己的女朋友嗎？」

「嗯，算是……」

「對象不管是誰都沒差吧。」

「我說，小梅她……」

「吵死了，你能不能少說幾句啊。小梅長，小梅短，簡直像笨蛋一樣……」

這些話從我的嘴裡脫口而出，讓他驚訝地閉上嘴巴。我低下頭逃離現場。

我一走進洗手間的隔間，就拿下眼鏡，從口袋中拿出鏡盒。把塞在口腔內側的棉花拿出來，鏡中的臉已經接近我原本的長相。

昨天我和山本兄弟分開後，仍然沉浸在愉快的餘韻中。我想都沒想到昨天會過得那麼快樂。但一回到家，我突然覺得心中籠罩一層鬱悶。

我透過隱藏自己的眞實長相，看見以前所看不到的事，然後學會：千萬不要相信別人。永遠抱持懷疑的態度，因爲他們對你表現出來的不一定是他們眞實的想法。不小心相信他人的話，總有一天會遭到背叛，徒增痛苦的回憶。人會因對方的外表改變態度，每當我比對露出眞正長相和頂著醜女妝時的周圍變化，就更加深我對這一點的確信。

特別是男生，我總覺得在我露出眞正長相時，湊過來的每一個男生都別有居心。也許是我太過潔癖，我直到這個年齡仍不曾與任何人交往。到現在，我根本無法想像自己和別人建立戀愛關係。

山本寬太一定也用心不正。他喜歡小梅的臉，才想請小梅裝成他的女朋友。他不找其他女生，特別執著小梅，不正是因爲他想向熟人炫耀自己有更可愛的女朋友嗎？他只是想要逞意氣之爭，讓自己顯得比較優越而已。我的腦中一直翻來覆去地想著這些事情，結果從昨晚到今天都心情低落。

不過有別於這份心情，我只要從他的口中聽到小梅這個名字，就會感到煩躁。其他人就算提到小梅，我也不認爲自己會用剛才那種語氣說話。但我無法忍受山本寬太用雀躍的口氣一再喊著小梅、小梅。

這到底是爲什麼呢？我在心中低語。

突然，鏡中的小梅向我開口。

「妳還沒注意到自己的心情嗎？或者只是裝作沒注意到？妳其實對他……」

我沒聽到最後就闔上鏡盒。別鬧了，這種橋段在電影「蜘蛛人」裡就有過類似的了，我在內心吐槽。

那天起，山本寬太和我之間的一切交流戛然而止。原因正是因爲我在煩躁之下衝口而出的粗暴話語。他在教室找我說話，本來就是以在燒肉店遇見小梅爲契機。靠著關於她的話題，我們兩人勉強產生關連，一旦我說出不要再提到小梅，他就沒有任何理由找我攀談。而且身爲與男生無緣的不起眼團體一員，也許不再和他交談會比較好。

每當我在教室或走廊與他錯身而過，我都不知道該怎麼出聲和他說話，只能留下尷尬的氣氛，迅速離開他的視線範圍，然後一再重複這樣的過程。我這輩子大概不會再和山本寬太以及他的弟弟去麥當勞了，想到這裡，我就感到一陣孤獨。

每當晚上，我注視自己倒映在窗玻璃的臉，心中就會湧起想用眞實長相見山本寬太的衝動。不是作爲春日井柚木，而是以小梅的身分，我只要裝作偶然在路上遇到就好了。但是接下來又怎麼辦呢。我並不是小梅，這個人根本不存在。沒有人能夠永遠扮演別的人格，隱藏起眞正的自己。這麼做的話，到最後一定會因爲無法忍受而讓內心崩壞。即使有人能夠持續僞裝十年甚至二十年，那個人也一定是個怪物。

一個星期後，和山本寬太說話的機會來臨了。

4

十一月第二個星期六，一大早是晴朗藍天。這天雖然不用上學，不過我還是站在鏡前化上醜女妝，因爲我和松代、土田約好要一起出門。

我隨著公車搖晃了將近三十分鐘，在新關道路旁的站牌下了車。當我抬頭眺望，太陽已被雲層遮住，感覺是快要下雨的陰霾天空，小小的雨滴打上我的眼鏡鏡片。

沿著新關道路，開了一排郊區型的大型店鋪。其中一棟特別大的建築物，就是包辦日用品、家電、名牌店、書店、電影院、保齡球館的大型購物中心Saty。鄰接購物中心的立體停車場不停吞進自駕前來的車輛。我搭上手扶梯前往二樓，和在書店讀陰陽道的松代、以及正在讀吃到飽雜誌特輯的土田會合。這裡離學校不遠，剛好可以使用公車月票，所以我和其他兩人常常約在這裡消磨半天時光。

我們三人一起逛文具、逛雜貨。即使穿著便服出來玩，我們三人還是一樣不起眼。松代老是被當成男生，進女生廁所的時候常常嚇到其他人；土田沒辦法在服飾店裡待太久，因爲只要店員一向她搭話，她不知如何回應，就會丟下衣服逃出店外。她們似乎在心中抱持著「生而為人，我很抱歉」的想法過活，在談話或簡訊之中，也常夾雜著抱歉的話語。所以對她們來說，一身不顯眼又樸素，才能夠比較自在。

我們在玩具賣場逛遊戲軟體時，後方傳來充滿精神的年幼嗓音。

「大姊姊！」

那道聲音太過宏亮，全賣場的人都轉頭過來。站在販賣恐龍模型區的，是山本寬太的四歲弟弟。

「慎平？」我喃喃低語。

「妳認識那孩子？」松代問我。

他全力奔跑過來，帶著滿面笑容撲向我。開心的我伸手搔他的腋下，一邊向他說「好久不見啦」。因為他親近過來的模樣太過自然，讓我一時沒有想到眼下的事情照理來說不可能發生。

「喂，慎平，那傢伙不是之前的那個大姊姊啦，她是另一個大姊姊哦。」

山本寬太傻眼地喊著，一邊追在弟弟身後。他今天似乎也肩負著照顧弟弟的責任。見到他的身影，我心中湧起想要逃離現場的衝動，以及高興的心情。

慎平看著我的臉，歪頭露出「咦？」的表情。

「柚木，原來妳喜歡小孩啊，妳竟然會對初次見面的小孩做出這樣的反應。」

好一陣子沒說過話的山本寬太一臉意外地說。他的便服上有許多口袋，裡面似乎塞著溜溜球或掌上遊戲機。

「不，這孩子突然抱上來，我就……」

我裝出若無其事的樣子，從愼平身旁退開。這麼說來，我在一週前和愼平相見的時候並沒有化妝。我必須表現出我們從未見過的樣子才行，眞是麻煩。不過我明明頂著醜女妝，愼平卻認出我，不知道是不是因爲小孩的直覺。

「咦——明明是大姊姊啊？」

愼平從下方抬頭看著我的臉，我只好不著痕跡地背過臉。

山本寬太困擾似地摸摸弟弟的頭。

「我說你啊，看仔細一點。她完全是不同人吧，你這樣對小梅很失禮哦。」

我瀏海下的眼睛瞪著他，山本寬太就裝傻般地清了清喉嚨。

我重整情緒，提出詢問。

「這是你弟弟嗎？」

「妳應該聽小梅講過吧，他叫愼平。」

「初次見面，你好啊，愼平。」

我裝作第一次見面，向愼平打招呼。愼平臉上掛著一頭霧水的表情，看來我在他眼中仍然是小梅。

我們在玩具賣場的角落交換幾句話後，馬上道別分開。對話的內容不外乎是他向松代和土田打招呼，詢問我們三人今天來做什麼等平淡無奇的問題。

「我待會還有點事。」

山本寬太看了手表後離開。愼平不斷回頭向我們揮手，被這景象逗樂的松代和土田也向他揮手道別。能夠和以前一樣和山本寬太交談，我鬆了一口氣。

窗外不知何時演變成滂沱大雨。儘管建築物內聽不到雨點敲打地面的聲響，若從樓梯旁的窗戶望向外面，蒙上一層雨霧的店家和招牌都變得模糊不清。經過一樓入口時，店員已經備妥傘套。肩膀濕了一片的客人們正收起雨傘，擦去傘上的水滴。

地下一樓是美食街，開著西餐廳、迴轉壽司及蕎麥麵店等。我們習慣去像學生餐廳一樣排列著桌椅的用餐區。帶著小孩的家庭及上了年紀的客人買了炒麵或烏龍麵，在圓桌用餐。因爲是星期六的中午時段，用餐區人潮擁擠。我們平時大多坐在邊邊角角的位子，但今天空位選擇有限。土田買了烏龍麵，松代買了冰淇淋，我買了紅豆餅。我們在位子上享用買來的食物時，四個與我們年齡相仿、不曾見過的男生在我們的隔壁桌坐下。

我們三人最怕遇到年齡相近的男生。松代和土田從以前就會這樣，所以緊張的程度非同小可。我則是自從畫醜女妝，見識過男生不變的態度後，不知不覺養成這種心情。

用餐區充斥著人潮的談話聲和餐具撞擊聲，環境非常嘈雜。隔壁桌的對話突然吸引了我的注意力，因爲在對話中出現了熟悉的名字。

「寛太那傢伙，絕對是唬人啦。」

其中一個男生做出這樣的發言。

我一邊吃東西，沉默地向松代和土田交換了眼色。她們似乎也聽到同樣內容。

男生們繼續交談。

「那他今天爲什麼會說ＯＫ？他之前可都抵死不從吔？」

「他可能終於做好覺悟，準備低頭爲自己撒的謊賠罪了吧？」

我口中的紅豆餅突然失去味道，回想起一週前山本在麥當勞對我說的話。他說他在Saty向國中時期的熟人撒了謊。

男生四人組在嘲笑山本寛太的身高從國中就沒變後，開始聊起昨晚的電視節目。

我透過眼鏡和瀏海縫隙看松代。她用食指搔搔臉頰，注視著男生們的相反方向。土田則用免洗筷夾起烏龍麵送進口中，偶爾用困擾的眼神瞥向我。我一點一點地將紅豆餅送進嘴裡。

「差不多該走啦。」

男生四人組離開座位，走向手扶梯。用餐區是自助式的，必須將自己的餐具送到指定的地方，他們卻直接把果汁杯留在桌上。其中一個男生想從土田背後過去。

「別擋路，醜女。」

他丟下這句話，踢了椅子一腳。土田把椅子往前拉，小聲說了一句「對不起」。我的心頭一冷，因為這正是國中學長對我說過的話。土田一臉蒼白，注視著已經見底的碗公。即使那四人已經離開，我們之間仍然飄著他們留下的沉重空氣。

「剛才那些人不知道是不是山本同學的朋友？」

松代低聲說道。我起身離席，走到和兩人有段距離的位置，躲在柱子後面拿出手機。我有山本的手機號碼。雖然傳過簡訊，不過這還是我第一次打電話給他。

「嗨，剛才真是打擾啦。」

他一接起電話就說。背景聽得到吵鬧的電子音，他人應該在三樓的電玩區。

「你還和慎平在一起嗎？」

「妳的聲音跟小梅還真像吔。」

我向山本寬太說明我遇到應該是他認識的男生們正在談論他。

「他們沒說什麼奇怪的事吧？」

「他們說你騙人之類的。你那天對妹妹說的事情全都是真的，對吧？」

「我跟他們約好今天要帶女朋友過來。不過當然啦，我根本沒女朋友。我準備要和他們道歉，小梅也要我老實承認。」

「但你國中時的朋友總覺得不是什麼好人。」

「他們不是我朋友啦，只是熟人。那我差不多要掛電話啦。」

「等等。」

「喂，柚木，這件事跟妳沒關係。」

電話被單方面掛斷了，我試著重播電話，但另一端似乎沒接電話的打算。我無可奈何地回到松代和土田兩人身邊。

要他說出眞相的是我自己。山本寬太必須反省自己，畢竟這是他自己一手造成的局面。我理智上雖然理解，但還是不想看到他對剛才的男生們道歉，然後遭到嘲笑。因爲我和山本寬太感情變好了，所以才會這麼想。

松代和土田皺著眉頭，一臉困惑。

「山本同學好像說了無聊的謊……他明明沒女朋友，卻硬要說自己有……」

我向她們說明剛才在電話中說的事情，腦袋中卻在想完全不同的事。能夠幫他的方法只有一個。

方法很簡單，只要我立刻起身，卸掉化妝後前往三樓的電玩區就好。我只要變成小梅，假裝是她就好了。

「所以剛剛隔壁的人，好像就是山本同學國中時的熟人……」

我該向松代和土田說什麼，作爲起身離席的藉口呢？若對兩人說「我去一下洗手間」，然後卸妝後奔往山本寬太那邊再回來，需要多少時間呢？回來找她們兩人之前，我還得再化一次醜女妝。如果說「我想起來我還有點事，先走一步」就走人的話，未免也太過突然。

而且卸妝後跑去山本身邊，也可能被松代和土田看到。一模一樣的衣服一定會讓她們認出我來，發現我是頂著醜女妝欺騙她們。這麼一來，她們一定會離我而去，就像國中時代的好友。

「我討厭妳。我每次都在想，希望妳快點去死。」

我回想起她的話。她加入走廊上的其他女生，和她們愉快地交談並逐漸遠離我。染上夕陽餘暉的教室中，我一個人被孤零零留下。那副情景又要發生了嗎？

回過神時，我發現自己緊閉著雙唇陷入沉默，根本不記得說明山本寬太的電話內容說到哪裡。周圍傳來嬰兒的哭聲和大媽們的交談聲，餐具碰撞發出清脆聲響，提醒客人前去領餐的電鈴持續不停，四周一片嘈雜。松代和土田維持與剛才相同的表情注視著我。我低下頭，胸中湧起落淚的衝動。

「……山本同學突然接近，原來是想拜託柚木假扮他的女朋友啊。」

松代開口說道。

「我還在想他最近常常找柚木說話……」

土田點頭附和。

「不是，他不是找我，是找我妹妹……」

「妹妹？」

兩人同時出聲。

「我對他說，如果他考出好成績，那我就讓他和妹妹見面。我妹妹長相端正……」

「但那其實是柚木吧？」

松代凝視著我。我搞不清楚狀況，一時無法回應。松代和土田互望一眼，交換了讓我一頭霧水的眼神。土田端正坐姿，難以啓齒地開口。

「其實、我們知道化妝的事情。」

松代伸出長長的手臂，拿下我臉上的眼鏡。

「柚木的眼睛果然很漂亮。」

「睫毛也很長。」

兩人一人一句地說著。

「爲什麼？從什麼時候？」

我腦袋裡無比混亂，出聲詢問兩人。

「滿早就知道了吧。我們兩個討論過，柚木其實長得還滿漂亮的。」

松代回答我的問題。

「柚木常常去洗手間，也是爲了補妝，對吧？」

土田補上一句。

「妳們都注意到了？」

「嗯。」

「妳的臉頰也不太自然，塞了什麼東西嗎？」

「一點……脫脂棉。」

「妳還眞是個大傻瓜。」

柚木決定隱藏自己的眞實長相過活，一定有自己的理由。她應該不希望別人談論這件事，所以我們就裝作不知情吧。她們兩人討論後，決定靜觀其變。她們是在全部知情的情況下和我做朋友，等待某一天我說出眞相。

「我說，妳快去山本同學那邊吧。」

「對啊，時間快到嘍。」

「妳不是在猶豫要不要卸妝奔往山本同學那邊嗎？」

松代和土田你一言我一語地說著，然後抓著我的手，硬是把我從座位上挖起來。老實說，我仍處在震驚中，還沒清醒過來。

「柚木！」

松代叫了我的名字，把拿走的眼鏡戴回我的臉上。再度清晰的視野讓我突然想起我應該做的事情。

「嗯，我稍微去一趟。」

我點頭後，抓起包包衝出去。

「柚木，我可以把這個吃掉嗎？」

土田指著我還沒吃完、已經冷掉的紅豆餅。

「可以啊！那個，妳們今後也願意當我的朋友嗎？」

聽到我的問句，兩人異口同聲地回答「當然啊」。

我在鏡子前面取出脫脂棉，裝上隱形眼鏡，卸掉臉上的黑痣。

出現在鏡中的臉不是平常學校裡的春日井柚木，而是和母親年輕時照片幾乎一模一樣的長相。

哪一張臉才是自己，這件事還不曾讓我疑惑。不管是露出這張臉的時候，還是頂著醜女妝的時候，我就是我。我就是喜歡不起眼地平凡度日的春日井柚木。

產生變化的是周圍人們的態度。只要我換一張臉，對方的態度也會像黑白棋一樣產生一百八十度的轉變。每個人都一樣，我對此深信不疑，對人抱持強烈的不信任感。

但其實也有不會變的人，我的身邊還是有不論我用哪張臉，都不離不棄的人。察覺到這一點，讓我鼓起了願意再次相信的勇氣。

我總有一天會和醜女妝道別。一開始可能只在親近的人面前卸下化妝，能夠更向人們敞開心胸的時候，我就會露出我原本的相貌。

我整理了自己的髮型，望向鏡中的自己。還不賴。

我步出女廁，朝三樓的電玩區邁開步伐奔跑。

5

雨下了大約兩小時就停了。走出Saty的時候，雲朵的縫隙間透出藍天。從返家的公車往窗外看便可以看見彩虹。掛在天邊的彩虹非常漂亮。

幾小時後，天色已經暗下，濡濕的柏油路面倒映著路燈的白光。如果踩在被雨打濕的落葉上，感覺隨時都會滑跤，所以我小心翼翼地走著。外面比我想像中還冷，我後悔自己應該要再多披一件衣服。

我只帶著手機出門，前往附近的公園。公園離我家僅一百公尺的距離，小得驚人的空地內，只有鞦韆、紅色大象與藍色牛的搖搖樂等遊樂設施。兩年前搬來這裡，我還想過假日時可以在這裡的長椅上讀書，結果每次都是匆匆從公園前方經過，不曾踏進公園遊玩。

山本寛太就站在鞦韆旁，靠在鞦韆的支架上，雙手插在口袋裡盯著地面。他的個子依舊很矮，不過我自己也身材嬌小，所以對此毫不在意。看到他的身影時，我突然感到恐懼，心中湧起想直接右轉逃離的衝動。這是一條我總有一天必須走的路，我告訴自己，聚集胸中的勇氣，站定腳步。

山本寛太打電話來時，我在家中休息放鬆。

「柚木，我有話想對妳說。待會見個面吧。」

我一開始拒絕和他見面。在Saty卸妝之後，我一直頂著自己原本的長相。要再以春日井柚木的身分和他見面的話，我就必須再次化妝。因爲化妝太過麻煩，我在電話中以有點感冒、有想看的電視節目等各種理由搪塞，但是他毫不退縮。

「我有事一定要現在對妳說。當然是關於今天的事。麻煩來妳家附近的公園一趟，我現在就在那裡。」

他的聲音十分嚴肅。我看著鏡子後下定決心，以原本的樣子出門。

我的化妝完全被松代和土田知道了，如果我今後也想與山本寬太做朋友，我現在就應該告訴他醜女妝的事情。這就和他對熟人撒的謊一樣，一旦錯過坦白的時機，事後就會變得很麻煩。

公園入口有一灘積水，我跨過水灘，在潮濕的地面上留下腳印，走向鞦韆旁的山本寬太。我不記得自己曾經向他說過我家地址，他卻出現在我家附近的公園，實在不可思議。他一注意到我接近，就抬起頭，身上穿的還是白天那件口袋很多的衣服。

「咦？小梅？」

一如預期的反應。他彷彿遭到突襲般地大吃一驚。我盤起雙手質問他。

「爲什麼你會在我家附近？」

我的語氣和聲音，都和在學校與他相處的春日井柚木一模一樣。這就是我本來的說話方式。

「我是聽我們班上女生講的，就是柚木同學的朋友、一位叫做松代的人。比起這個，妳姊姊呢？」

山本寬太傷腦筋似地搔了搔腦袋。

我深呼吸，直直看向他。

「不就在你面前嗎？」

雨後的入夜空氣非常冰冷，我的手臂彷彿要因爲寒冷而顫抖。我們兩人不發一語地對視數秒。我已經踏出決定性的一步，無法後退了。我懷抱著這樣的想法，但是面前的山本寬太卻還是一副沒搞清楚狀況的模樣。

「小梅，妳別開玩笑了。原來是這樣啊，她說她有點感冒所以不能出門，還說她有想看的電視節目。」

「不，這不是什麼玩笑……」

我差點滑倒。我已經做好覺悟，打算用剛才的那句話消去小梅的存在，沒想到山本寬太遲鈍得超乎想像。

「柚木那傢伙不想出門，所以才讓小梅來啊，原來如此。」

「該從哪邊講起呢——眞傷腦筋啊——」

這次換我搔起頭。

「哎算了，剛才眞是多謝妳，小梅。」

他鄭重地低頭道謝。

「我眞想讓柚木看看那些傢伙們吃驚的臉。」

幾小時前，Saty外面仍下著傾盆大雨，我在三樓電玩區的夾娃娃機前找到他們。愼平一看到我就大喊「大姊姊！」山本寬太立刻意會眼下的情況，配合我進行演出。

「姊姊打電話拜託我，我又剛好在這附近，於是就跑過來了。」

我小小聲地說明。我們剛才裝成情侶的表現應該算得上可圈可點。

「我想對妳姊姊道謝，告訴她：多虧她，我才得救了。」

山本寬太用袖子擦了擦鞦韆，然後在鞦韆坐下。鞦韆的鍊條上沾著水滴，閃耀著路燈的反光。空氣中的塵埃被雨水沖刷洗淨，眼前景色一片澄澈透明。坐落在住宅區縫隙的公園，在晚上宛如浸在燈光裡的水缸。

「我說小梅，妳能幫我用妹妹特權叫出柚木嗎？」

你也差不多該注意到了吧，我忍不住傻眼。

「我都說了，就在你的面前……」

我的話說到一半，就被他中途插話。

「說起來，妳姊姊也太難相處了。她討厭男生嗎？待人態度冷淡，甚至不肯好好正面看人。」

「是是是，對不起，但你先聽我說——」

「還戴著不適合的眼鏡，長了張大餅臉……」

我還是直接回家好了。

「哎，妳先坐下來嘛，小梅。」

山本寬太同樣將隔壁的鞦韆擦乾淨，示意我坐下。我的嘆息化成白霧，迅速消散。儘管我不樂意乖乖照做，我還是在鞦韆上坐下，稍微搖晃著鞦韆，感受幾乎忘卻的漂浮感。

「我老實跟妳講吧，我在學校和妳姊姊其實感情還不錯。她在考試前還教我讀書呢。」

我握緊鞦韆的鍊條。

他的側臉比平常多一分成熟的味道，讓我突然因爲兩人獨處而感到害羞。

「我在圖書室用功的時候，柚木就在我旁邊讀文庫本。」

明明不到一個月前的事，對我而言卻像很久以前了。

「坦白說，我一開始喜歡的其實是小梅妳。但到最近，我偶然間仔細一想，發覺我不知道從什麼時候開始，變成把妳當作幌子找藉口向柚木搭話。」

哦，這樣啊，我點頭回應。樹葉落盡的枯枝上林列無數雨珠，在路燈的照映之下，彷彿結成纍纍光點。我望著這片景色，然後開始思考：咦，他剛才說了什麼？

「她雖然不是像小梅這樣的美少女，不過她給人一種能夠率直說出內心想法的感覺。而且今天也是多虧她聯絡妳，我才能得救。今天的事情讓我確信，柚木是個重感情的人。就連老師都放棄我，她卻願意陪我讀書。雖然她老是擺出一副嫌麻煩的樣子，卻還是願意坐在我的身旁。總之呢，那個，就是我喜歡柚木。我每次在家裡想起和她的一點一滴，這裡就會有一種感覺，就像是被人握緊？」

山本寬太撫上胸口的位置。

「我今晚原本想對她說這些才到這裡來的。只好下次再說了。小梅，這件事妳能幫我守密嗎？我想直接親口對她說。」

他其實知道眼前的我就是春日井柚木吧。

其實他裝作不知情，在上演一齣迂迴的告白吧。

但他看起來一副打從心底不知道的樣子。

他用和平常毫無差別的模樣，不可思議地看著我歪了歪頭。

「妳怎麼了？臉好紅。」

「……稍微、有點熱。」

「該不會是被柚木傳染感冒了吧？」

「啊，說不定是那樣……」

我做出就連自己都覺得很假的假咳。因爲實在太過難爲情，我決定眼下還是裝傻。坦白這是我眞正的臉的事情，還是留待下次吧。現在就先捏著嗓子，扮演一名可愛的妹妹。

我想起國中時好友的話語。

根本沒人會喜歡妳。

大家都只是喜歡妳的長相才接近妳，對妳這個人毫無興趣。

這番話就像是詛咒，束縛我的內心。

直到剛才為止。

「妳很難受嗎？」

他看著眼眶含淚的我，表情看起來十分擔憂。

現在果然還是不行，太難為情了。

我今天還是先當小梅好了。

NIL 11／百瀨，看我一眼

原著書名／百瀨、こっちを向いて。
原出版者／祥傳社
作　者／中田永一
翻　譯／鐘雨璇
編輯總監／劉麗真
責任編輯／詹凱婷
榮譽社長／詹宏志
總 經 理／陳逸瑛
發 行 人／涂玉雲
出 版 社／獨步文化
城邦文化事業股份有限公司
104台北市中山區民生東路二段141號5樓
電話：(02) 2500-7696　傳真：(02) 2500-1967
發　行／英屬蓋曼群島商家庭傳媒股份有限公司
城邦分公司
104 台北市中山區民生東路二段141號2樓
網址／www.cite.com.tw
讀者服務專線／(02) 2500-7718；2500-7719
服務時間／週一至週五：09：30～12：00　13：30～17：00
24小時傳真服務／(02) 2500-1900；2500-1991
讀者服務信箱E-mail／service@readingclub.com.tw
劃撥帳號／19863813
戶名／書虫股份有限公司
香港發行所／城邦（香港）出版集團有限公司
香港灣仔駱克道193號號1樓東超商業中心
電話／(852) 2508-6231　傳真／(852) 2578-9337
E-mail／hkcite@biznetvigator.com
馬新發行所／城邦（馬新）出版集團
Cite (M) Sdn Bhd
41, Jalan Radin Anum, Bandar Baru Sri Petaling,
57000 Kuala Lumpur, Malaysia.
Tel: (603) 90578822
Fax:(603) 90576622
email:cite@cite.com.my
封面設計／高偉哲
印　刷／中原造像股份有限公司
排　版／游淑萍
●2016年7月初版
●2020年12月14日初版6刷
售價280元

 ISBN 978-986-5651-63-3

國家圖書館出版品預行編目資料

百瀨，看我一眼／中田永一著；鐘雨璇譯
. –初版. – 台北市：獨步文化，城邦文化出
版：家庭傳媒城邦分公司發行，民105
　面；　公分. --（NIL；11）
譯自：百瀨、こっちを向いて。
　ISBN 978-986-5651-63-3
861.57　　　　　102007743

廣告回函
北區郵政管理登記證
台北廣字第000791號
郵資已付，免貼郵票

104台北市民生東路二段 141 號 2 樓

英屬蓋曼群島商家庭傳媒股份有限公司

城邦分公司

請沿虛線對摺，謝謝！

書號：1UY011	**書名**：百瀨，看我一眼	**編碼**：

請於此處用膠水黏貼

讀者回函卡

謝謝您購買我們出版的書籍！

請費心填寫此回函卡，我們將不定期寄上城邦集團最新的出版訊息。

姓名：＿＿＿＿＿＿＿＿＿＿ 性別：□男 □女

生日：西元＿＿＿＿年＿＿＿＿月＿＿＿＿日

地址：＿＿＿＿＿＿＿＿＿＿＿＿＿＿＿＿

聯絡電話：＿＿＿＿＿＿＿＿ 傳真：＿＿＿＿＿＿＿＿

E-mail：＿＿＿＿＿＿＿＿＿＿＿＿＿＿＿＿

學歷：□1.小學 □2.國中 □3.高中 □4.大專 □5.研究所以上

職業：□1.學生 □2.軍公教 □3.服務 □4.金融 □5.製造 □6.資訊
□7.傳播 □8.自由業 □9.農漁牧 □10.家管 □11.退休
□12.其他＿＿＿＿＿＿＿＿

您從何種方式得知本書消息？

□1.書店 □2.網路 □3.報紙 □4.雜誌 □5.廣播 □6.電視
□7.親友推薦 □8.其他＿＿＿＿＿＿

您通常以何種方式購書？

□1.書店 □2.網路 □3.傳真訂購 □4.郵局劃撥 □5.其他

您喜歡閱讀哪些類別的書籍？

□1.財經商業 □2.自然科學 □3.歷史 □4.法律 □5.文學
□6.休閒旅遊 □7.小說 □8.人物傳記 □9.生活、勵志 □10.其他

對我們的建議：＿＿＿＿＿＿＿＿＿＿＿＿＿＿＿＿

為提供訂購、行銷、客戶管理或其他合於營業登記項目或章程所定業務需要之目的，家庭傳媒集團（即英屬蓋曼群島商家庭傳媒股份有限公司城邦分公司、城邦文化事業股份有限公司、書虫股份有限公司、墨刻出版股份有限公司、城邦原創股份有限公司），於本集團之營運期間及地區內，將以mail、傳真、電話、簡訊、郵寄或其他公告方式利用您提供之資料（資料類別：C001、C002、C003、C011等）。利用對象除本集團外，亦可能包括相關服務的協力機構。如您有依個資法第三條或其他需服務之處，得洽詢本公司服務信箱cite_apexpress@cite.com.tw請求協助。相關資料不提供亦不影響您的權益。

□我已詳讀權利義務之相關條款，並同意遵守。

請於此處用膠水黏貼